生命就像一个

永远不会被人们了解的花园，

里面全是弯弯绕绕的小路。

Mrs. Dalloway

达洛维夫人

[英] 弗吉尼亚·伍尔夫————著

王力军 林越泽 赵乐————译

华中科技大学出版社
http://www.hustp.com
中国·武汉

图书在版编目（CIP）数据

达洛维夫人 /（英）弗吉尼亚·伍尔夫著；王力军，林越泽，赵乐译. —— 武汉：华中科技大学出版社，2021.3（2024.4重印）

（伍尔夫作品集）

ISBN 978-7-5680-6877-2

Ⅰ. ①达… Ⅱ. ①弗… ②王… ③林… ④赵… Ⅲ. ①长篇小说—英国—现代 Ⅳ. ① I561.45

中国版本图书馆CIP数据核字（2021）第002541号

达洛维夫人	[英]弗吉尼亚·伍尔夫 著
Daluowei Furen	王力军 林越泽 赵乐 译

策划编辑：刘晚成
责任编辑：陈　然
营销编辑：李升炜　邱鉴泓　倪梦　燕卉雯
责任校对：阮　敏
责任监印：朱　玢
封面设计：璞茜设计

出版发行：华中科技大学出版社（中国·武汉）	电话：（027）81321913
武汉市东湖新技术开发区华工科技园	邮编：430223

印　　刷：湖北新华印务有限公司
开　　本：787mm × 1092mm　1/32
印　　张：9.375
字　　数：150千字
版　　次：2024年4月第1版第7次印刷
定　　价：39.80元

本书若有印装质量问题，请向出版社营销中心调换
全国免费服务热线：400-6679-118　竭诚为您服务
版权所有　侵权必究

达洛维夫人说她要亲自去买花。

因为露西的事已经够多的了,实在忙不过来。这些门都得从铰链上卸下来,昂伯尔梅尔公司的人马上就到。克拉丽莎·达洛维寻思,多好的早晨啊——空气清新得就像是特意送给海滩上的孩子们似的。

太开心了!太痛快了!以前在博尔顿①的时候,每次打开落地窗,一头扎进户外时,她都会这么开心。此时此刻,她耳边好像传来了落地窗合页的吱吱声。那里清晨的空气是那么清新,那么宁静,比这里安静得多,有如浪花拍打、亲吻,寒冷刺骨却肃穆(对于一个当时年仅十八岁的女孩子而言)。站在敞开的窗户前,她预感某种可怕的事情就要发生。眼前的树木花草被晨雾缭绕,秃鼻乌鸦飞来飞去。

---

① 博尔顿:英格兰西北部城镇。

她站在那儿看,直到听见彼得·沃尔什说:"在菜地里沉思吗?"——是这么说的吗?"我喜欢人胜过花椰菜"——是这么说的吗?沃尔什他一定那么说过,某天早饭她来到屋外的露台上时他说过。最近沃尔什会从印度归来,六月还是七月,她忘了,因为他的信写得模棱枯燥乏味,但他说过的话她倒是还记得。他的眼神、他的笑容、他的折叠刀,还有他的坏脾气,多少往事早已烟消云散——真怪!——几句关于花椰菜的不起眼的话她却没忘记。

她呆站在马路上,等待着特奈尔公司的货车开过。一个风姿绰约的女人,这是斯克罗普·珀维斯对她的看法(他对她的了解就如一个住在威斯敏斯特的人了解隔壁的邻居一样)。她有点像鸟儿,像青绿色的松鸦,轻盈、活泼。尽管她已年过五十,且患病以来脸色愈发苍白,她站在那儿,压根儿就没看见他。她站得笔直,等着过马路。

在威斯敏斯特住了多少年啦?有二十多年了吧。即便是置身于车流之中,抑或是半夜醒来,人们总能感受到一种特有的安静,或者说是肃穆,克拉丽莎对此确信无疑。一种难以名状的停滞,大本钟敲响之前的不安(但他们说,那也许是她的心脏受到流感影响的缘故)。听啊,钟声隆隆地响起来了!先是提示,悦耳动听;随后是报时,准确无误。沉闷的声波在空气中渐渐消逝。她在穿过维多利亚大街时想,我们都是傻子。因为只有上天才知道人类为何如此热爱生活,认真对待生活,精心构思生活的模样,再围绕自己构建生活,然后将生活推翻摧毁,又无时无刻不在重建生活。即便是最不招人待见的老古板、坐在门阶上喝酒的穷困潦倒之辈,也是如此。毋庸置疑,基于这一原因,议会法案也不能把他们怎么样:他们热爱生活。在人们的眼中,在轻盈、沉重、艰难的步履中;在吼叫和喧嚣声中;在那些四轮马车、汽车、公共汽车、厢式货车,胸前身后挂着广告牌、步伐沉重、摇摇晃晃的广告员中;在铜管乐队、手风琴的乐声中;在胜利的欢呼声和铃儿的叮当声中,在头顶上空飞机发出的怪异的呼啸声中,有她热爱的东西,那就是伦敦六月这一刻的生活。

由于是六月中旬,战事已经结束。可是对于一些人来说,战争还没有结束,比如福克斯克罗夫特夫人,由于她可爱的儿子在战争中丧生,她昨晚还在大使馆悲痛欲绝呢!

古老的庄园也只好归在表兄弟名下；又比如主持义卖的那个贝克思伯纳福女士，据说她最疼爱的约翰战死了，她已经接到了电报通知。但是，战争终归还是结束了，谢天谢地，结束了。六月了，国王与王后都待在宫中。尽管时间尚早，可四周已响起赛马奔驰的声音和板球拍的轻扣声。早晨天刚蒙蒙亮，洛兹球场、阿斯科特赛马场、拉内拉赫公园笼罩在轻柔的、网状的灰蓝色晨雾里，不久天将大亮，雾将消散，草坪上将出现奔跑跳跃的马儿，它们前腿蹬地，一跃而起；还有飞奔着的小伙子和身着透明薄纱裙的姑娘们，她们笑着，跳了一夜舞还不忘带着怪模怪样的毛绒狗出来遛一圈。即使在这个时候，那些谨慎的富人遗孀们正坐着汽车匆匆去干一些神秘的事情。店主们不停地摆弄着橱窗里的人造宝石和钻石，那些海水蓝色的胸针颇有十八世纪的风范，羡煞了美国人（但她必须节约，不能轻易给伊丽莎白买珠宝）。她本人也喜欢珠宝，对珠宝怀有可笑而虔诚的热情，她属于这样的生活，因为她的先辈们曾在乔治时代当过大臣。就在今晚，她将举行宴会，让整个房子灯火通明。奇怪的是，当她走进公园时，只有一片寂静，薄雾笼罩，不知从哪里传来嗡嗡声，鸭群慢悠悠地游过，有囊袋的鸟在岸上摇摇摆摆地走着。从对面的政府大楼向她走来的人会是谁呢？更确切地说，是提着有皇家纹章图案的公文箱的那个人。除了休·惠特布雷德还能有谁，她的老朋友休，可亲可敬的休！

"你早啊，克拉丽莎！"休说，语气极为夸张，因为他们从小就认识，"你这是要上哪儿去？"

"我喜欢在伦敦的街头走走，"达洛维夫人说，"确实比在乡下好多了。"

惠特布雷德夫妇刚进城，可惜是来求医的。别人进城是看戏、看电影，带女儿们出来见见世面，而他们进城是来看医生的。克拉丽莎不知有多少次去疗养院探望过伊夫琳·惠特布雷德，这次又病了？伊芙琳很不舒服，休说。他撅着嘴，一面挺直高大的身躯。他仪表堂堂、魁梧健壮，很有男子气概，而且衣着讲究（也许是因为在宫里当差，不得不打扮得体面正式）。他的妻子虽然身体不适，但并不严重。作为老朋友，不用他讲明，克拉丽莎·达洛维夫人也明白。是的，她当然明白，这病真是麻烦！几乎就在同时,她突然意识到自己戴的帽子怪怪的,她觉得自己像个小妹妹。也许是这顶帽子不适合早晨戴吧,休总是让她产生这种感觉。他行色匆匆,过于礼貌地抬了一下帽子,说她就像个十八岁的小姑娘,还说他今晚一定会参加她的宴会,伊夫琳也绝对支持,只是他可能会晚到一会儿,因为他必须先带吉姆的儿子去参加宫中的宴会。在休面前,克拉丽莎总是觉得自己拘谨,有点儿学生气。由于相识已久,而且她对休还有过好感,她认为休确实是个好人,尽管理查德差点被他气疯。至于彼得·沃尔什,他至今都没有原谅克拉丽莎,因为她喜欢休。

发生在博尔顿的一幕幕往事,她都记忆犹新:彼得大怒,休当然不是他的对手,但也不像彼得所说的那样无能。当休的老母亲要他放弃打猎,或者让他带她去巴斯[①]时,他都照办了。他真的一点都不自私,至于彼得说他没心没肺,除了英国绅士的礼貌和教养外一无是处,那只是她亲爱的彼得在盛怒之下的气话。彼得有时可能让人难以忍受,但

---

① 巴斯,英格兰小城,以田园风光闻名。

在这样的早晨,和他一起散步却是十分惬意的。

(六月已给树木披上了绿装。皮姆利科①的母亲们在给孩子喂奶。消息不断从舰队传到海军军部。阿林顿街和皮卡迪利广场的热闹气氛好像把公园里的空气都熏暖了,连树叶好像都在发热、发光,充满神圣的活力,这正是克拉丽莎所喜爱的。跳舞、骑马,她都喜欢。)

她和彼得好像分开有几百年了。她从未给彼得写过一封信,而他写给克拉丽莎的信也索然无味。可她突然想到,如果他现在和自己在一起,他会说些什么呢?想起过去与他在一起时的情景,那些岁月,克拉丽莎的内心很平静,全然没有了往日的苦涩。这也许是对她关心他人的一种奖赏。她想起在一个阳光明媚的早晨,他们回到了圣詹姆斯公园的中央。但是不管那天的天气有多好,也不管树木、花草,穿粉色衣服的小姑娘有多赏心悦目,彼得全都视若无睹。不过,只要她发话,他就会戴上眼镜看看。他所关心的是世界的局势、瓦格纳的曲子、蒲柏的诗、人性,以

---

① 皮姆利科是伦敦的一个区。

及她灵魂的缺陷。他责备她时是多么严厉啊!他们的争吵多么激烈!她会嫁给首相,做站在楼梯上迎接宾客的女主人。他称她是完美的女主人(为此她曾在卧室大哭一场),他说她有做女主人的潜质。

克拉丽莎发现自己仍在圣詹姆斯公园和彼得争论,仍然竭力辩称自己没有嫁给他是对的。因为一旦结婚,即使两人同处一室,朝夕相处,也必须有一定的独立性,也要给对方一点自由。她和理查德两人都做到了。(比如,今天上午他去哪了?可能去某个委员会吧,她从不过问。)但是和彼得在一起那就不同了,他要知道她的每件事情,这让人难以忍受。当小花园温泉旁那一幕真要发生时,她必须与他一刀两断,否则两人都将身败名裂,这是肯定的。尽管多年来她承受着利箭穿心般的悲伤与痛苦。后来在一次音乐会上有人告诉她,彼得在去印度的船上遇到了一个女人,并娶之为妻,闻听此言她深感震惊。这一切她永远都不会忘记!冷漠、无情、假正经,这是他对她的评价。她永远都不能理解他的爱,但是那些印度女人大概会——那些愚蠢、漂亮、轻浮的货色。她这是在浪费自己的同情,因为他很幸福，他让她相信他非常幸福，尽管他从未做过一件他们讨论过的事。他这一生是失败的，至今还令她十分气愤。

克拉丽莎已到达公园门口，在那里站了一会儿，望着皮卡迪利大街上的公共汽车。

现在她不愿意对任何人说三道四。她觉得自己还年轻，其实已经难以形容地衰老。她以为自己看问题透彻，其实只是在外部观望。当她看来往的出租车的时候，总有一种独自一人远在海上的感觉，一种即使活一天也十分危险的感觉。她并不认为自己聪明或不同凡响，她不明白自己是怎样靠着丹尼尔斯小姐传授的那一点点知识生活过来的。她什么也不懂，不懂语言，不懂历史，除了睡觉前看点回忆录，基本不看书。然而这一切，这来往的出租车，对她来说有绝对的吸引力。她不想谈论彼得，也不想谈论自己，给自己下这样那样的定论。

克拉丽莎一边走一边想，她唯一的天赋就是凭直觉识人。如果让她和另一个人同处一室，她就会像猫一样弓着背，或像猫一样得意地发出呜呜的声音。德文郡府邸、巴斯府、装饰着瓷凤头鹦鹉的房子,它们灯火辉煌的样子她都见过。她还记得西尔维娅、弗雷德、萨莉·西顿等一大群人,她们通宵达旦地跳舞。她还记得四轮运货马车从这里经过去市场的情景、她坐车回家路过公园时的情景。还记得自己曾把一先令硬币投入塞尔彭蒂河①。这些,每个人都记得。她所爱的,就是此时此地眼前的一切,包括那个坐在出租车里的胖女人。她一边向邦德街走去,一边问自己:这重要吗?她的生命终将终结,这重要吗?没有她一切仍会继续,她会怨恨吗?死可以终结一切,难道这不会给人带来安慰吗?但是,不管怎么说,在伦敦的街头,世事沉浮,这里也好,那里也罢,她活下来了,彼得也活下来了,活在彼此的心中。她深信自己属于家乡的树,属于家乡凌乱不堪的房屋,也属于那些未曾谋面的人们。她像薄雾一样飘荡在她最熟悉的人们中间,人们把她高高举起,就像树木托着薄雾一样,而她这团薄雾却飘散得如此遥远,她的生活,她自己。现在当她透过哈查德书店的橱窗向里看的时候,她在幻想什

---

① 塞尔彭蒂河,伦敦海德公园内的河。

么?她试图回想什么?看到打开的书中有两行诗,心里想着乡下白色的拂晓会是怎样一番景象。这两句诗是:

无惧骄阳酷暑

休怕寒冬肆虐①

这几年,世界上的各种悲剧,让每个人,无论男女,都饱含泪水。泪水和忧伤,勇气和耐力,以及一种完全正义和坚韧的态度。比如,她想到了她最崇敬的女士——主持义卖的贝克思伯纳福女士。

书店里有《乔罗克思的远足与欢乐》《肥皂海绵》和《阿斯奎思夫人回忆录》,还有《尼日利亚狩猎记》,这些书全部都展开摆放在那里。这里有如此多的书,但没有一本是可以带去疗养院给伊夫琳·惠特布雷德看的。这个人实在是难伺候,没有哪样东西可以把她逗乐,也没有哪

---

① 这是莎士比亚一首诗中的两句,是莎翁用来诠释死亡的挽歌,告诫人们死亡并不是一件痛苦的事。

样东西能够让这个干瘪到无法形容的小女人在看到克拉丽莎进门时表现得稍微热情一点，然后再坐下来没完没了地谈论妇科病。她何尝不想啊，何尝不想人们在她进门时能够表现得高兴一点。想到这，克拉丽莎转身又向邦德街走去，心里很是苦恼，因为为了其他原因做事情是很愚蠢的。她更愿意像理查德那样，做什么事情都为自己做。她在等着过马路时心想，半数时间她做事情并不是为了事情本身，而是为了使别人这样想或那样想。她知道这是完全愚蠢的（此时警察在举手示意），因为从来没有人理解她这种心思，哪怕一秒都没有。哦！如果她的人生能够重来就好了，甚至自己的长相都会不一样呢！克拉丽莎边想边走上了人行道。

首先，她会和贝克思伯纳福女士一样黑，好似皱巴巴的皮革，还会有一双漂亮的眼睛。她还会像贝克思伯纳福女士那样慢条斯理、举止庄重、身材高大，像男人一样对政治感兴趣，乡下有房子，极其高贵，极其真诚。可这些她一样都没有，身材瘦小得像豌豆杆，脸小得让人忍俊不禁，嘴像鸟嘴。不过她的姿态还算优雅，手脚生得还算不错，虽然花钱不多,但穿着打扮都很得体。但近来,她的身体(她停下来看一幅荷兰画)连同它所有的功能都好像不复存在了。一种奇怪的感觉油然而生,克拉丽莎感觉自己隐身了,别人看不到她,也不认识她。再也不用结婚,再也不用生孩子,要做的只是惊奇又庄严地随着人群向邦德街走去。这就是达洛维夫人,她甚至不再是克拉丽莎,而是理查德·达洛维夫人。

邦德街使她着迷,这个季节的清晨,邦德街彩旗招展,店铺林立,既不张扬也不出彩,一卷粗花呢放在一家店里,她父亲在这家店买衣服长达五十年之久。还有卖珍珠的店,卖冷冻鲑鱼的店。

"就是这些,"克拉丽莎看着水产店说,"就是这些。"她在一家手套店外停留片刻,要是在战前你可以在这里买到中意的手套。她的叔叔威廉过去常说,看鞋和手套识女人。她的叔叔在大战中途的一个早晨再也没有醒过来。他曾说过:"我活够了。"至于手套和鞋,克拉丽莎还是对手套情有独钟。但是她的女儿,她的伊丽莎白,对手套和鞋一点都不感兴趣。

一点都不感兴趣，克拉丽莎朝着为她准备宴会用花的店铺方向边走边想。伊丽莎白最在意的是她的狗。今天早上屋子里弥漫着一股难闻的焦油味。可怜的狗格里兹尔再可怜也比基尔曼小姐好些，犬瘟热和焦油味以及诸如此类的事情再不好也比关在闷热的卧室里读祈祷书强。比什么都好，她就差说这一句了。但是，正如理查德所言，这也许仅仅是所有女孩子都要经历的一个阶段，也许是恋爱了。但为什么偏偏喜欢上基尔曼小姐呢？基尔曼遭受过不好的对待，人们必须体谅她，理查德说她很能干，是一个真正有历史头脑的人。不管怎么说，她们是分不开了，而且她女儿伊丽莎白也去领圣餐了，她一点也不在意穿什么样的衣服，如何对待前来领圣餐的人。因为她的经验告诉她，对宗教的狂热反而使人变得冷酷（就这么点原因）、麻木，因为基尔曼小姐愿意为俄罗斯人做任何事，为奥地利人忍饥挨饿，但私下里因为生活不幸受尽折磨，变得麻木不仁，她时常穿一件绿色的防水布大衣。年复一年，她就穿那件大衣，大汗淋漓的。进屋后用不了五分钟，她就会让你感受到她的优越和你的卑微，她那么贫穷，你却那么富有。

她住在贫民窟里,没有垫子、没有床、没有小地毯,要什么没什么。她的灵魂因愤愤不平而变得锈蚀。大战期间她被学校开除了——可怜的、满腹怨恨的、不幸的人!因为人们憎恨的不是她本人,而是她的思想,毫无疑问她的思想掺杂了许多并非她本性的东西。她变成了一个与人们夜斗的幽灵,变成了一个欺凌我们、吸我们血的鬼怪,变成了统治者、暴君。如果再掷一次骰子,毫无疑问,朝上的就是黑色而不是白色,那样克拉丽莎就会喜欢基尔曼小姐的!但是今生不会了,绝不会了。

这个凶残的怪物在她心里翻搅不停,激怒了她。她仿佛听见树枝咔嚓直响,感觉怪物的蹄子踏入了枝繁叶茂的森林深处,踏入了灵魂的深处。她从未舒心过,从未安全过,因为这个怪物无时不在她心中翻腾,特别是自她生病以来,这个怪物更疯狂了,弄得她脊背生疼。它不仅带给她肉体上的疼痛,还动摇、扭曲了她所有建立在美貌、友谊、健康、爱情和营造温馨家庭上的乐趣,似乎真的有个怪物在刨根挖地,仿佛这一切满足都不过是孤芳自赏。憎恨之心太可怕了!

荒唐，荒唐！克拉丽莎冲着自己喊叫，随后推开弹簧门进入马尔伯里花店。

身材高挑的克拉丽莎迈着轻快的步子向前走去，迎接皮姆小姐，她长着一张纽扣形的圆脸，她的双手总是通红的，估计是经常用手把花浸入冷水的结果。

店里有飞燕草、香豌豆花、丁香和康乃馨，大量的康乃馨，还有玫瑰、鸢尾花。啊！真香！和皮姆小姐交谈的同时，克拉丽莎不忘大口地呼吸这夹杂着泥土味的芳香。皮姆小姐曾得到她的帮助，认为她为人和善。和善，那是多年前的事了，不过今年她看起来老了一些。克拉丽莎眼睛微闭，一会儿闻闻鸢尾花，一会儿闻闻玫瑰花，一会儿又转向丁香花，尽情地吸着花的芳香，摆脱街头的喧嚣，享受这里的凉爽。而后她睁大眼睛，多么新鲜的玫瑰花啊！像是刚洗好的花边亚麻布放在柳条托盘上；深红色的康乃馨排列整齐，高昂着头；所有的香豌豆花都向盆外蔓延，有浅紫色的、雪白的，还有灰白的——仿佛傍晚，身着薄纱裙的姑娘们出来采摘香豌豆花和玫瑰花，天空湛蓝，飞燕草、康乃馨、白星海芋、鸢尾花开得漫山遍野；此时是傍晚六七点钟，玫瑰花、康乃馨、鸢尾花、丁香花，每一种花都正开得灿烂，白的、紫的、红的、深橙色的，应有尽有。雾蒙蒙的花坛里，每朵花好像都在燃烧自己，那么柔和、纯洁。围绕香水草、报春花飞舞的那些灰白色蛾子也让克拉丽莎喜欢！

克拉丽莎跟随皮姆小姐一起选花，嘴里却不停地在说："荒唐，荒唐。"声音越来越轻，仿佛眼前这美景、这芳香、这色彩，以及皮姆小姐对她的喜爱与信任，就像浪花一般冲刷全身，冲掉了仇恨，冲掉了那个怪物，冲掉了一切。她任由浪花冲刷，一次一次被抛在空中。正在这时，街上传来一声枪响！

"天啊！那些汽车……"皮姆小姐来不及放下手里的香豌豆花就去窗边看，随后她带着歉意的微笑又返了回来，好像那些汽车和爆胎都是她的错。

剧烈的爆炸声来自一辆汽车，这辆汽车停在马尔伯里花店正对面的人行道上，爆炸声把达洛维夫人吓了一大跳，把皮姆小姐吸引到窗边看了一下，还让她觉得很不好意思。过往的行人当然也是驻足观看，刚好看见一张重要人物的脸和鸽灰色的座套,随即一只男人的手就把车窗帘拉上了,除了一小块鸽灰色以外就什么也看不见了。

谣言马上就传开了,从邦德街的中央传到牛津街,再到另一头的阿特金森香料店。它悄无声息,像一片云那样快速移动,如面纱般遮住群山。如云般突如其来的冷静和庄重降落在人们脸上,上一秒他们还是混乱无章的。可是现在人们好像被神秘的羽翼拂过,他们听到了权威的声音。宗教的圣灵无处不在,他们被蒙上双眼,嘴巴张得大大的。谁也不知道刚才看见的脸是谁,是威尔士亲王?王后?还是首相?究竟是谁的?谁也不知道。

埃德加·J.沃基斯的胳膊上套着一个铅管,他说:"是搜(首)相的机(汽)车嘛。"①他的声音勉强可以听见,就这还不忘幽默一把。

塞普蒂默斯·沃伦·史密斯发现自己无法通行,听见了这句话。

塞普蒂默斯·沃伦·史密斯,年纪三十上下,面色苍白,

---

① 原文是"The Proime Minister's Kyar",是用了带口音的错别字。

鹰钩鼻子，穿着棕色鞋子和破旧的大衣，淡褐色的眼睛流露出恐惧的神情，就连陌生人看了都会感到恐惧。世界已扬起了鞭子，它会落到谁的头上呢？

一切都停滞不动了。那发动机的震动声听起来就像脉搏在跳动，却跳得不规则。此时的阳光异常的毒，因为那辆汽车停在了马尔伯里花店的窗外。公共汽车上，几位老妇撑开了自己的黑色阳伞，紧接着这边一把绿伞，那边一把红伞都啪啪地打开了。达洛维夫人皱起粉红的脸颊，抱着一大捧香豌豆花走到窗边，疑惑地向外看。每个人都在看那辆汽车，塞普蒂默斯在看，男孩子们也跳下自行车看，人越聚越多，阻塞了交通。汽车依旧停在那里，车窗帘是拉上的，塞普蒂默斯觉得窗帘上奇怪的图案像一棵树。他眼前发生的事把一切汇聚到一个中心，好像什么可怕的事情就要发生，立刻就会喷出火焰，这可把他给吓坏了。大地在摇晃、颤抖，熊熊大火眼看就要燃烧起来了。是我挡道了吗？塞普蒂默斯这么想。人们不是正看着他，冲他指指点点吗？难道他不是为了某种目的而占着人行道一动不动？但究竟是出于何种目的呢？

"咱们走吧,塞普蒂默斯。"他妻子说。他的妻子卢克雷齐娅是一个意大利女孩,身材矮小,灰黄色的尖脸上长着一双大眼睛。

但是卢克雷齐娅却忍不住看向那辆汽车和遮帘上的树形图案。车里坐的是王后吗?王后出来买东西了?

那辆汽车的司机一直在忙着打开、拧转、关闭什么东西,坐进了驾驶室。

"走吧。"卢克雷齐娅说。

他们结婚四五年了,塞普蒂默斯暴跳如雷,生气地说:"好吧!"好像是卢克雷齐娅打断了他的思路。

人们一定注意到了,也一定看到了。卢克雷齐娅看着众人瞪大眼睛紧盯着那辆汽车,心里想着,她对英国人和他们的孩子、马匹和衣服很是羡慕,但此时他们只是"普通民众",因为塞普蒂默斯曾说过:"我要自杀。"多可怕的一句话呀!万一他们听见了这句话,会有什么反应?她看着这群人。救命,救命!她真想向肉店的伙计和女人求救。那是去年的秋天,她和塞普蒂默斯站在河堤上,合披一件斗篷。塞普蒂默斯只顾看报不说话,卢克雷齐娅从他手中一把夺过报纸，当着在场老人的面大笑起来。但是为了掩饰自己的过失，她必须带他离开此地，到公园去。

"现在我们过马路吧。"她说。

她有权挽着他的胳膊，尽管并不带感情。他也愿意让她挽着。她是那么单纯、冲动，只有二十四岁，在英国没有一个朋友，为了他离开意大利，骨瘦如柴。

那辆汽车窗帘紧掩，神秘莫测地向皮卡迪利大街行驶。两旁的人们面色凝重，带着敬意，对汽车行注目礼。可他们也不知道这是在崇敬谁。是王后、王子，还是首相，谁也不清楚。汽车里那张脸只露过一次面，没几秒钟时间，仅有三个人看见。他们看到的是男是女，现在仍有争议，但有一点是肯定的，一定是位大人物。大人物从这悄悄地经过邦德街，与平民百姓仅一步之遥，这也许是他们第一次也是最后一次近距离接触国家永恒的象征——英王陛下。等到将来有一天伦敦变成了杂草丛生的小路，当这个星期三早上匆匆经过的行人变成白骨的时候，结婚戒指与无数蛀牙的金质填料一起混杂在遗骸灰烬里。到那时，这个国家的象征就会被好奇的古文物研究者们发现，汽车里坐的是谁也将公之于众。极有可能是王后,达洛维夫人拿着花走出马尔伯里花店时心里这么想,是王后。那辆汽车窗帘紧掩,在离她一英尺远的地方驶过时,她正站在花店旁,表情极其庄重。王后这是要去医院,还是要去出席义卖会的开幕式?克拉丽莎这么想。

这个时候正是拥挤的时候。是洛兹、阿斯科特、赫灵海姆①有比赛,还是什么?克拉丽莎不太清楚,因为这条街非常拥堵。坐在公共汽车顶层两边的英国中产阶级,他们随身带着包和雨伞,这样的天气还穿着皮草,在克拉丽莎看来实在是可笑至极,可笑的程度超出了人们的想象。王后也被堵住了,不能通行。克拉丽莎被堵在了布鲁克街的一边,老法官约翰·巴克赫斯特爵士被堵在了街的另一边,中间就是那辆汽车(约翰爵士参与制定法律多年了,他喜欢穿戴漂亮的女人)。这时,只见那司机身子略微前倾,不知对警察说了些什么,还是出示了什么东西,那警察敬了个礼,胳膊一抬,头一歪,示意公共汽车移到边上,那

---

① 伦敦的马球场。

汽车就开过去了。慢慢地、悄无声息地开过去了。

克拉丽莎在猜测,当然她也知道,她看见随从手中有一个神奇的白色的圆形物,是一块刻有名字的圆盘,圆盘上刻着谁的名字,是王后的,是威尔士亲王的,还是首相的?圆盘自身的光芒,一路照射到白金汉宫(克拉丽莎看着车子一点点变小,直到看不见),在那里,到处是闪耀的烛光、璀璨的星形勋章,人们挺着佩戴橡树叶的胸膛。休·惠特布雷德和他的全体同事们,清一色的英格兰绅士,那天晚上就在白金汉宫。克拉丽莎也要举行宴会,她微微挺直身子,站在自家楼梯的最高处。

车子走了,可余波未平,波及了邦德街两侧的手套店、帽子店和成衣店。在三十秒钟的时间里,所有人都朝着一个方向——窗户。女士们正在挑选手套——至胳膊肘的还是过胳膊肘的,柠檬黄还是浅灰色的——突然停了下来,话音刚落事情就发生了。这事单独来看,不算回事,最精密的仪器,哪怕能够感受到远在中国的震波,都无法记录这种震动;综合各方面因素来看,这是件大事,牵动着各方的情感。因为在所有的帽子店和成衣店,互不相识的人们互相望着对方，想到了死者，想到了国旗，想到了大英帝国。在后街的一家酒馆里，一位殖民地居民辱骂了温莎王室，引发人们的争吵，怒摔啤酒杯，喧闹声穿过街道传到了街对面买带有纯白丝带内衣、准备结婚的姑娘们的耳朵里。经过的汽车，不仅引起了表面上的骚动，更是对人们的内心影响深远。

汽车徐徐前行，过了皮卡迪利广场，转向了圣詹姆斯大街。一群穿燕尾服、白裤子，头发向后梳，衣着讲究，高大、体格健壮的男人，不知什么原因，手背在身后，站在布鲁克斯俱乐部的窗户下，严密注视着周围的动向，不禁让人觉得要有大人物经过。"不朽"的光芒投射到这些人身上，如同先前投射到克拉丽莎·达洛维身上一般。他们马上立正，把手放下，随时准备侍奉他们的君主，如果需要的话，他们会到炮口待命，就像他们的祖先那样。身后那些白色半身塑像和摆放着《闲谈者》杂志和几瓶苏打水的小桌子似乎也表示认同，似乎在表明英格兰粮食充足、住房宽敞；车轮轻微的嗡嗡声传开，像回音廊的墙壁，借助整个教堂的力量，把细小的声音放大成恢宏的回声。披着方巾的莫尔·普拉特手捧鲜花站在人行道上，祝福那个可爱的青年一切都好（车里肯定是威尔士王子）。要不是看见警察正盯着她，不许她这样表忠心，这个爱尔兰老太太还会往圣詹姆斯街上丢些钱，钱不多，够买一瓶啤酒或一束玫瑰，以表示她的轻松愉快和对穷人的蔑视。圣詹姆斯宫的卫兵敬礼致意，王后亚历山大的警官表示赞许。

就在这时，一小群人聚集在了白金汉宫的大门口。他们都是穷人，无精打采但满怀信心地在等待着。看着旗帜飘扬的王宫，看着衣裙迎风飘扬的维多利亚女王雕像，欣赏层层叠叠的流水和天竺葵。他们从墨尔街上众多的车辆中挑选，先这辆后那辆，带着敬意看着每一辆车，但那些只不过是乘车出行的普通人。不管哪辆汽车经过，他们都要把颂词温习一遍，生怕忘了。一想到王室成员在看着他们，他们就任由谣言聚集在他们的血管，刺激大腿的神经。王后低头致意，王子行礼致敬。一想到天堂般的生活赐予了国王们，想到王室侍从和屈膝礼，想到王后的玩偶之家，想到玛丽公主与一个英国平民结婚，更想到了王子——对！是王子！据说，他长相酷似老国王爱德华，不过更苗条。

王子住在圣詹姆斯宫,不过说不定他早上会过来看望母亲。

莎拉·布莱奇利这样说着,她怀里抱着孩子,不时踮起脚尖,好像此时就在皮姆利科家中的火炉围栏边上,眼睛始终盯着墨尔街。与此同时,埃米莉·科茨远眺王宫的窗户,想到了女佣人,无数的女佣人,卧室,数不清的卧室。一位牵着阿伯丁犬的老绅士来了,许多无业游民也来了,人越来越多。小个子鲍利先生在阿尔巴尼有几间房子,他的生活圈子好像被蜡封住了。贫苦的女人们等着看王后经过——贫苦的女人、可爱的孩子、孤儿、寡妇、大战让他满含泪水,突然不合时宜地将他的生活解封了,让人有点伤感。一阵微风带着从未有过的暖意顺着墨尔街吹来,穿过小树,路过英雄铜像,吹得鲍利先生这个英国人胸中的旗帜飘扬起来。汽车拐入墨尔街时,鲍利先生举起帽子,待车子靠近时,他把帽子举得高高的。任凭皮姆利科的母亲们怎么挤,他都站得直直的。汽车开过来了。

突然,科茨夫人抬头向天上看。一阵嘈杂的飞机轰鸣声传入了人们耳中,人们有种不祥的预感。飞机就在树林上方,尾部冒出白烟,扭来扭去确实像在写什么!在空中写字！大家都抬头望去。

飞机直冲下来，又直上云天，画了一个圆圈，加速、下降、上升，不管它做什么动作，也不管它去哪里，身后总留下一道白色的浓烟。这白烟在空中翻卷、盘绕，构成了一个个字母，都是些什么字母呢？C，E，还是L？这些字母只能保留一小会儿，然后就飘移，逐渐散开，最后消失在空中。飞机马上又换一个地方，又开始写K、E、Y，也许是吧。

"Glaxo。"科茨夫人说，从说话声音可以听出她有点紧张，心存敬畏。她皮肤白皙的孩子呆呆地躺在她怀里，和她一样一直望着天空。

"Kreemo。"布莱奇利夫人小声嘟囔道，像个梦游者。鲍利先生高举帽子，一动不动地望着天空。整个墨尔街上，人们都站在那里抬头望着天空。望着望着，全场变得一片寂静，只见一队海鸥从空中飞过，它们轮流领头。就在这极度的安静与平和中，在这苍白和纯净中，时钟敲了十一下，钟声渐渐消散在海鸥群中。

那架飞机转弯、加速、俯冲，随心所欲，敏捷、自由，像个滑冰者。

"那是一个 E，"布莱奇利夫人说，"又像一个舞者"。

"那是 toffee。"鲍利先生低语道——（那辆汽车进了大门，可没人看见它），飞机关掉烟雾，飞得越来越远，烟雾渐渐散去与白云融合在一起。

飞机飞走了，躲在云层后面，响声也听不见了。字母 E、G，或者 L 并入了云堆里，云朵自由自在地飘荡，像是注定要由西向东移动去执行一项重要的任务、一项不可泄密的任务。的确如此，一项极其重要的任务。而后，像火车突然钻出隧道一般，那架飞机再次冲出云层，刺耳的声音钻进墨尔街、格林公园、皮卡迪利广场、摄政街、摄政公园内所有人的耳朵里，机尾喷出来的烟雾弯来扭去，飞机忽而下降，忽而上升，写出了一个又一个字母——但究竟写了什么字呢？

卢克雷齐娅·沃伦·史密斯紧挨着丈夫坐在摄政公园内的椅子上，抬头望天空。

"看，你看，塞普蒂默斯！"卢克雷齐娅大声喊道。因为霍姆斯大夫曾嘱咐她要让她的丈夫把兴趣转移到其他事情上，不要老想自己（他本来没什么病，只是心情不佳）。

塞普蒂默斯一面望天空一面想,他们这是在向我发信号,不过不是用具体的词。也就是说,他还不懂这种语言,但这种美,无与伦比的美显而易见。当他看到用烟雾写的字逐渐消散在空中时,他的眼里噙满了泪水。这些字用它们无尽的慈爱和善意赐予他一种又一种无法想象的美,通过信号传递它们的意图,即无偿地、永恒地让他只看到美、更多的美!激动的眼泪顺着他的脸颊流了下来。

是太妃糖,他们在为太妃糖做广告,一个保姆对雷齐娅①说。他们一起开始拼读 t-o-f……

"K-R-"那个保姆说,塞普蒂默斯听见她在他耳边说"Kay Arr",语气深沉而柔和,像一台声音圆润的风琴,但声音有点粗糙,像蚂蚱叫,刺激着他的脊椎神经,并将声波传入他的大脑,在大脑中震荡,最后停止。这确实是一项重大发现,那就是人的声音在一定的大气条件下(因为人必须讲科学,科学至上)可以加速树的生长!雷齐娅兴奋至极,把手重重地放在他的膝盖上,硬把他压得不能

---

① 卢克雷齐娅的昵称。

动弹。榆树叶兴奋地起起落落,颜色忽浅忽深,由蓝到绿,就像马背上的鬃毛和女人身上的羽毛饰品一样起起伏伏,如此壮丽,这些景象会让他发疯。但是,他不会疯。他会闭上眼睛不再看。

但是,树叶是活的,树也是活的,它们会召唤他。树叶上下扇动,通过成千上万的纤维与坐在那儿的塞普蒂默斯的身体相通。枝条伸展,他也随之伸展。错落有致的喷泉内,麻雀拍打着翅膀上下翻飞,构成图案的一部分,白色、蓝色的色块,中间嵌着黑色的线条。声音与冥想协调一致,它们之间的空间,与声音本身一样意义重大。一个小孩哇哇地哭了,远处的号声就会响起。所有这些加到一块就意味着一种新的宗教信仰诞生了——

"塞普蒂默斯!"雷齐娅大喊。塞普蒂默斯猛地吓了一跳,人们都注意到了。"我要到喷泉那儿散步,一会儿回来。"雷齐娅说。

因为雷齐娅实在忍受不下去了。也许霍姆斯大夫会说他的病情没什么大不了的,但她宁愿他死掉!她不能就这么坐在他身边,看他失神地瞪着眼睛,对她视而不见,这使一切都变得可怕。天空、树、孩子们玩耍、拉车、吹哨子、摔跤,一切都很糟。他还不想自杀,雷齐娅又无处诉说。"塞普蒂默斯工作太辛苦了。"——这是她唯一能对母亲说的话。爱可以使一个人孤独,她心里是这么想的。她不能跟任何人讲,就连塞普蒂默斯也不能。她回头看了看,看见他穿一件破大衣一个人坐那儿,弓着背,两眼瞪着前方。对于一个男人来说,自杀是懦夫的表现。塞普蒂默斯曾经打过仗,很勇敢,但是现在他已不是那个塞普蒂默斯了。雷齐娅戴上蕾丝衣领,戴上新帽子,塞普蒂默斯看都不看一眼,没有她,他反倒高兴。反过来,没有他,没有什么能让她高兴,没有!他很自私,男人们都这样。因为他没病,霍姆斯大夫说过,他没病。雷齐娅伸出手。看!她的结婚戒指都往下掉——她太瘦了。她忍受着痛苦,但是她无处诉说。

在遥远的意大利,在白色的房子里,姐妹们围坐在房间里编织帽子。到了晚上,街道上熙熙攘攘,人们有说有笑。不像这个鬼地方,人们半死不活,蜷缩在轮椅上,看花盆里几朵难看的花。

"应该去看看米兰的公园。"雷齐娅大声说,不过说给谁听呢?

一个人也没有。她的话转瞬即逝,像火箭一样。它所迸发出来的火花,不经意间点亮了夜空,但很快就熄灭了。黑暗降临,洒在房屋和塔身上,荒凉的山坡的线条逐渐模糊、消失,最后陷入一片黑暗之中。虽说看不见它们了,可它们终究没有消失;虽然它们的色彩被强行剥夺,窗口一片空白,它们更沉闷地存在着,传达出白天无法传达的东西——暗夜聚集烦恼和悬念,把它们全都挤在一块儿;而晨曦把墙壁洗白,把窗户照亮,把田间的雾驱散,露出在安心吃草的棕红色的奶牛,一切又都盛装出现在了眼前。我独自一人!独自一人!她在摄政公园的温泉旁大喊(眼睛看着那个印度人和他的十字架)。仿佛是在午夜,所有的疆界都消失了,国家又回到了远古时代的状态。正如古罗马人所见,他们登陆时,山没有名字,河流不知去向,混沌一片——这就是她的黑暗世界。突然仿佛一块暗礁露了头,她站到上面去讲述她是如何成为塞普蒂默斯的妻子的,多年前在米兰结婚,成了他的妻子,并且答应永远不对人说他是疯子!她转身,暗礁倒了下去,她也随之跌落。

因为他已离去,她想——离开了,正如他所扬言的,自杀——扑到马车下!但是,他没有,他还在那儿,依然一个人坐在椅子上,身穿那件破大衣,两腿交叉,瞪着眼,大声说话。

人不可以砍树。上帝存在。(他把这样的心得体会都记在了信封背面。)改变世界。不可因仇而杀。有事别藏在心里(他记了下来)。他在等待,他在倾听。一只麻雀落在了对面的围栏上,喳喳叫着塞普蒂默斯,塞普蒂默斯,一连叫了四五遍还不停,然后拉长声调用希腊语唱起来,声音刺耳,唱什么世间没有罪恶;又一只麻雀从河对岸它们生活的树丛中飞过来了,那里亡灵在行走,它们拉长声音一起用希腊语唱,唱什么没有死亡。

那是他的手,那是死者。白色的东西正汇聚在对面的围栏后面,但是他不敢看,埃文斯就在围栏后面!

"你在说什么?"雷齐娅突然问,并挨着塞普蒂默斯坐下。他又被打断了!她动不动就打断他。

远离人群——他们必须远离人群,他说(跳起来),马上到那边去,那边的树下有椅子,公园的长坡像是一块绿色的绒布,空中升起蓝色和粉色的烟雾,像是天花板上的纱幔吊顶。还有城墙,烟雾中那些极不规整的房子,朦朦胧胧,像是城墙。周围的交通噪音也不算大。在右面,不知什么暗褐色的动物把长脖子伸到动物园的围篱外狂吠、嚎叫。他们就坐在那儿的树下。

"看。"雷齐娅指着一群扛着板球门柱的男孩子向塞普蒂默斯乞求道。其中有一个拖着脚走路,支着脚后跟打转,好像他正在音乐厅演小丑。

"看。"她说。因为霍姆斯大夫曾吩咐她让他多看些实实在在的事物,多去音乐厅,多打打板球——那可是一项很好的运动,霍姆斯大夫说过,这项运动非常适合她丈夫。

"看。"她又说了一遍。

有个声音在命令他看,这个声音正与塞普蒂默斯交流,说他是世界上最伟大的人,最近曾经历过生与死的考验;说他是前来革新社会的上帝;说他躺下像一张床单,又像一块只有太阳才能毁掉的雪白的毯子,永无损耗,永远受苦;说他是替罪的羔羊,永远受苦的人;但是,他抱怨,他不想这样,他想手一挥就把永久的苦难、永恒的孤独撵到一边去。

"看。"雷齐娅又说,因为塞普蒂默斯绝不可以在户外大声对自己讲话。

"看。"她再次乞求他。但是,有什么好看的呢?无非是几只绵羊,仅此而已。

到摄政公园地铁怎么走?——他们能不能告诉她到摄政公园地铁站的路?——梅茜·约翰逊想知道,她两天前刚从爱丁堡过来。

"不是这条路——是那边!"雷齐娅大声叫唤,挥舞着手让她到一边去,生怕她看见塞普蒂默斯。

这两个人看上去都怪怪的,梅茜·约翰逊心里这么想。一切看上去都很怪。这是她第一次来伦敦,来利德贺街她叔叔开的店里工作。现在还是上午,她走到了摄政公园,椅子上这对夫妇着实把她吓了一大跳。那年轻妇女像是个外国人,那男人看上去有点怪。这一幕,梅茜·约翰逊到老也不会忘记。再过五十年,她还可以从她的回忆录中翻出来,说在一个阳光明媚的上午她是如何经过摄政公园的。因为她才十九岁,来趟伦敦真是不容易。现在遇上了这么个怪事,她向他们问路,那女的惊慌失措地摆了摆手,那男的似乎很古怪。也许吵架了，也许永远分开了，总之是出事了。现在，自打她离开爱丁堡，所有这些人（因为她又回到了大道上），老头、老太太，多数是坐着巴思轮椅的病人，包括石坛、整齐的花，所有这一切都显得很奇怪。这里的人们行动迟缓、目光呆滞，任由微风拂面；松鼠端坐在那儿舔舐自己的毛；麻雀拍打着翅膀找面包屑；狗忙着和围栏嬉戏；柔和的暖风吹拂着他们，虽然生性古怪，他们却不以为意。置身于这样的环境中，梅茜·约翰逊怎能不感到憋屈，真想大喊一声！（因为座位上的那个年轻人着实吓了她一大跳，肯定是出事了。）

可怕！可怕！梅茜·约翰逊真想喊出声来。（她已离开了家人，家人曾告诫她会出什么事的。）

她为什么不待在家里呢？梅茜·约翰逊一面大喊，一面使劲扭动着铁围栏上的球形把手。

登普斯特夫人（此人常给松鼠攒面包，还时常来摄政公园吃午饭）心想，那姑娘还不懂世事，依我看，身体胖点、工作轻松点、期望值适中点岂不是更好。珀西爱喝两口，是啊，有个儿子更好，登普斯特夫人这么想。她自己过过苦日子,也就忍不住对这样的女孩子报以微笑。你会结婚的,因为你长得漂亮,登普斯特夫人想。结婚吧,结了婚你就明白了。哦!那些厨师,还有别的什么人,每个人都有自己的一套。话又说回来,如果我事先知道,我还会那么选择吗?登普斯特夫人想到这,禁不住想悄悄地对梅茜·约翰逊说,多想让自己那张眼袋低垂、布满皱纹的老脸去感受一下怜悯之吻的滋味。因为她的日子一直就苦,登普斯特夫人这么想着。为了生活她还有什么没付出的呢?玫瑰、身材,还有她的双脚(她把裙子下面粗壮的双腿并拢)。

玫瑰,登普斯特夫人自嘲地想,都是些垃圾。说真的,不管日子好坏,吃、喝和性才是最重要的,生活中不仅仅是玫瑰花。而且,请听我说,卡丽·登普斯特不愿和肯蒂什镇上的任何一个女人交换命运。但是,她乞求同情,为了失去的玫瑰。她想博得站在风信子花床旁边的梅茜·约翰逊的同情。

啊!可是那飞机!登普斯特夫人不是总想去国外看看吗?她有个侄子在国外,是个传教士。那飞机"唰"地直冲云霄。她常去马盖特的海边,却从未远离过陆地,而且她对那些怕水的女人们毫无耐心。那飞机"唰"地俯冲下来，她的心都提到嗓子眼了，飞机"唰"地又上去了。登普斯特夫人敢打赌，飞机上肯定有个不错的小伙子。飞机越飞越快，越飞越远，飞翔在格林尼治的上空，越过所有桅杆，飞翔在圣保罗大教堂和其他教堂的上空。在伦敦的两侧是一望无际的田野，还有深棕色的林地，那儿有富有冒险精神的画眉，它们放开胆子跳来跳去，它们目光犀利，看见蜗牛就叼起来，使劲往石头上一磕，一次、两次、三次。

飞机飞啊飞，直到只剩下一个小亮点、一个愿望、一个焦点、一个人类灵魂的象征（在本特利先生看来似乎如此，此人正在格林尼治兴致勃勃地把草皮卷起）。本特利先生一边清扫雪松树周围一边想。它也是一个决心的象征，通过思维、爱因斯坦、推测、数学和孟德尔学说摆脱躯体，摆脱房屋——飞机越飞越远。

接下来，一个衣衫褴褛、相貌平平的男人背着一个皮包站在圣保罗大教堂的台阶上，止步不前，因为他不知进去会得到什么精神安慰，会受到多大的欢迎，有多少飘扬着旗帜的坟墓，有多少胜利的象征不是象征胜利的，而是象征那些烦人的追求真理的精神的，这种精神让我现在处境堪忧。而且，进入大教堂可以结交许多伙伴，可以应邀加入社团，许多伟人就参加了社团，有不少先烈甚至还为此付出了生命。为什么不进去呢？他把自己那塞满小册子的皮包放在圣坛前，放在十字架前。十字架是一个象征，它远远高于对文字的搜罗、研究与拼凑，它已经成为纯精神的、脱离躯体的、上升到灵魂层面的东西。为什么不进去呢？就在他犹豫不决的时候，那架飞机飞过了拉德盖特广场的上空。

真奇怪，一切是那么安静，除了正在飞行的飞机，一点响声都听不到。飞机好像无人操控一样，飞得快或慢全仗自己的性子。现在飞机在曲线上升，然后直线上升，似乎是在狂喜中上升，尾部喷出一圈圈白色的烟雾，写下一个个字母 T、O、F。

"他们在看什么？"克拉丽莎·达洛维对前来开门的女仆说。

大厅里很凉快，像在地窖，达洛维夫人抬手挡住眼睛。女仆露西关门时，她的裙子沙沙作响。达洛维夫人感觉自己像一个修女，远离尘世的修女，感觉那熟悉的面纱就在她周围，感觉到过去的虔诚得到了回应。厨师在厨房里吹口哨，打字机咔嚓咔嚓地响，这就是她的生活。她在大厅的桌子前低下头，受到感化后鞠躬，感觉自己受到了保佑，得到了净化。达洛维夫人从桌子上拿起记录电话号码的本子，自言自语，这一刻多么像是生命之树上的花蕾，它们是暗夜之花（就好像一些可爱的玫瑰只为她一人绽放）。她一刻也没有信仰过上帝，正因为如此，她更应该在日常生活中对仆人、狗、鸟儿有所报答。更重要的是，要对自己的丈夫理查德有所报答，他是这一切的基础，有他才有欢乐，有他才有这些绿色的灯，甚至有他，厨师才可以放心地吹口哨。因为沃克夫人是爱尔兰人，她们有成天吹口哨的习惯。——人啊，一定要有所回报，不然就不会有这么美妙的时刻藏在心底。正好露西在跟前，她就想解释给露西听，手里仍旧拿着电话本。

"太太，达洛维先生……"

克拉丽莎仔细看了看电话本上的留言："布鲁顿夫人想知道达洛维先生今天是否可以和她共进午餐。"

"太太,达洛维先生让我告诉你他不回来吃午饭了。"

"天啊!"克拉丽莎说。她想让露西和她一样感到失望,露西也的确失望了(但还没到痛苦的程度)。露西感受到了她和达洛维夫人的默契,她对这种暗示也是理解的,她思考着上流社会人们之间的爱情,心态平和地规划着美好的未来。露西接过达洛维夫人手中的阳伞,就像接过一件女神从战场凯旋后卸下的神圣武器,然后把它放置在伞架上。

"无须再怕。"克拉丽莎说。无惧骄阳酷暑,因为布鲁顿夫人请理查德而不请她,这件事让她感到颤抖。正如船桨划过,河床上的植物会抖动一样,她也摇晃、颤抖。

米莉森特·布鲁顿中午的聚餐据说别有一番风味,可布鲁顿居然没有请她。庸俗的嫉妒是不会把她和理查德拆散的,只怕日久生变。你看布鲁顿夫人的脸,简直就是刻在毫无知觉的石头上的日晷,从她的脸上不难看出,她的生活质量在下降。她的生命一年年地减少,余下的时光是那么少,不能再像青春时期那样延伸,无法像年轻时那样吸收人生的色彩、养分和声音。这样,她一进屋,室内就充满了她的气息,当她站在自家客厅门口犹豫不定的那一刻,她常能感受到一种美妙的焦虑,就像潜水员入水的那一刻。此时,脚下的海水忽明忽暗,波浪大有把海面分开之势,但只是轻轻划破了表层。海藻被带着水珠的细浪裹挟,时而翻滚,时而被遮盖。

达洛维夫人把电话本放在大厅的桌子上,然后就上楼去了。她把手搭在楼梯扶手上,似乎刚参加完一个宴会。宴会上,这个朋友或那个朋友回想起她当年的音容笑貌。似乎她关上门,走到外边去,独站良久,独自面对这可怕的夜,准确地说是面对这个实实在在的六月早晨的凝视。这是一个风和日丽的早晨,玫瑰花瓣闪闪发光,她能感受得到。达洛维夫人在楼梯间敞开的窗户前停了下来,窗帘的啪啪声、犬吠声破窗而入,想着想着,她突然感觉自己萎缩了,变老了,胸部也变平了,磨面声、风声、花开声也都进来了,她感觉自己突然出了门,出了窗户,远离了自己的身体与大脑。现在她的大脑也不好使了,就因为布鲁顿夫人,她的午餐宴会别有一番风味,却没有请她去。

像是修女退场,又像是小孩探索塔的奥秘,她上了楼,在窗户前停了一会儿,又来到了浴室。浴室的地垫是绿色的,一个水龙头在滴水。生活的中心是空虚的。还有阁楼。女人们必须脱下华贵的服装,中午她们必须脱去衣服。她把别针插在针垫上,把羽毛装饰的黄帽子放在床上。床单很干净,用一条白色的宽带子紧紧绑在床上,她的床窄得不能再窄了。蜡烛已燃掉半截,马尔博男爵的回忆录,她读得很投入,她在深夜读了从莫斯科撤退那部分。因为下议院总是开会到很晚,而她又身体抱恙,所以理查德坚持让她独自安睡,以免受到打扰。说实在的,她就喜欢读莫斯科撤退那部分,他是知道的,于是就把她的房间安排在了阁楼上,床是窄床,便于她躺在那里看书,因为她常睡不好觉。生完孩子后保留下来的那种处女感,像床单一样裹着她。少女时期的她就很可爱,忽然某个瞬间——比如在克利夫登树林的河边——由于她生性冷漠,她让他失望了。后来在君士坦丁堡也是如此,再后来几次也都是如此。差在哪里,她自己明白,不在长相,也不在头脑。而是一种由中心向四周发散的东西,一种有温度的东西,它可以冲破表层,使男女和女人之间冷漠的接触泛起涟漪。对于这样一种东西,她隐隐约约可以察觉到。对于这样一种东西,她很憎恨,心里存在顾忌,这顾忌是从哪里冒出来的,老天才知道,她觉得是大自然恩赐的(因为大自然总是明智的)。然而她有时却不由自主地被女人而不是少女的魅力所倾倒,是女人们在争吵后或做了傻事后敢于承认错误的魅力,这种事她们经常做。不知是出于同情,还是因为她们的美貌,还是因为她的年龄偏大,或是出于某种机缘巧合——比如一股淡淡的清香,或是隔壁的小提琴声(在某些时候声音的威力还是相当大的),无疑她和男人们有同样的感受。只有一小会儿,但已经足够了。那是一个意外的发现,就像一丝脸红,想要把它控制住,却又不能,只好任其发展,这时你就会躲得远远的,浑身发抖,整个世界都向你靠拢,惊人的力量和抑制不住的狂喜不断膨胀,终于冲破一层薄薄的表皮,喷涌而出,带着无穷无尽的慰藉,在裂缝和伤痛上倾注。那一刻,她看到了光明,像番红花中燃烧的火柴,内在的意义都表达出来了。但是正在靠近的事物开始远离,坚硬的物体开始软化。那一刻——结束了。在这样的瞬间(和女人们在一起时也有这样的瞬间),

床、马尔博男爵和燃烧掉一半的蜡烛形成了鲜明的对照(她放下帽子时)。她躺在床上睡不着,地板吱吱响,灯火通明的房子突然暗了,如果她抬起头,就能听到门把手轻轻的响声,那是理查德穿着袜子悄悄爬上楼来的声音,多半他还会因为失手把热水袋掉在地上而骂自己。那时,她笑得多么开心!

但是这种爱情问题(她一面收拾上衣一面想),这种与女人相恋的问题,就拿萨莉·西顿来讲,拿她与萨莉·西顿过去的关系来讲,难道不是恋爱吗?

萨莉坐在地板上——那是她对萨莉的第一印象——萨莉坐在地板上,双手抱膝,嘴里叼着一支烟。那是在哪儿来着?曼宁家?还是金洛克·琼斯家?具体在哪她记不清了,反正是在某次宴会上,因为克拉丽莎清楚地记得曾问过和她在一起的那个男人:"她是谁?"他对克拉丽莎讲,萨莉父母的关系不好(她听了感到很震惊,为人父母竟然吵架!)。那一晚,她的眼睛再也没有离开过萨莉。她有一种别样的美,让克拉丽莎特别羡慕,黝黑的皮肤、大大的眼睛,这些都是她没有的,她一直羡慕的——萨莉有点狂放,想说什么就说什么,想做什么就做什么,一种外国人普遍具有的品质,比英国女人普遍得多。萨莉经常说她有法国血统,先辈中曾有一位与玛丽·安托瓦内特一起生活过,后来被砍了头,留下一枚红宝石戒指。很可能就是那年夏天萨莉才来博尔顿住的,一天晚饭后,兜里身无分文的她突然闯了进来,惹可怜的海伦娜姑妈生气,至今都不肯原谅她。那天晚上,萨莉前去投奔克拉丽莎,身上一分钱也没有,去的路费还是拿胸针当的,可能是家里发生了争吵,她一气之下就跑了出来。克拉丽莎和她坐了一晚,谈了一晚。是她,萨莉,第一次让克拉丽莎明白,博尔顿的生活是多么封闭。关于性,克拉丽莎一无所知,对社会问题也是一无所知。她曾亲眼看见过一个老人在田间倒地而死,曾目睹母牛产后的景象。可是海伦娜姑妈从来不喜欢讨论这些问题(当萨莉给她威廉·莫里斯的书时,都得用牛皮纸包上)。她俩坐在那儿,在顶楼她的卧室里,一起谈论生活,谈论如何革新世界。她们有意成立一个废除私有财产的协会,信都写好了,就是没寄出去。主意当然是萨莉出的——但是,很快她就和克拉丽莎一样激动不已——早餐前在床上读柏拉图,读莫里斯,一小时接一小时地读雪莱。

萨莉的能量惊人,她的天赋和人格魅力也一样惊人。比如,她摆弄花的方式就很独特。在博尔顿,她们总是把一些不起眼的小花瓶摆成一排放在桌子上。萨莉出去采来蜀葵、大丽花,各种各样的花,她把花头掐掉,放入水中,让花漂浮在水面上。以前还没见过有人这么做,但效果相当好,尤其是在夕阳西下的时候。(当然,海伦娜姑妈认为这样对待鲜花简直就是造孽。)还有一次,她忘记拿搓澡海绵,就赤身裸体跑过走廊去拿。那个严肃的老女仆埃伦·阿特金斯大声嚷道:"要是被男士看见了,该如何是好?"是啊,萨莉的行为确实让人受不了。她爸爸说她衣着也不够干净整洁。

回想起来,奇怪的是她对萨莉的感情是纯真的,也是完美的,不同于对男人的感情。这种感情完全是无私的,除此之外它还有一个特点,就是只存在于女人之间,存在于刚成年的女人之间。站在克拉丽莎的角度看,这份感情是具有保护作用的。它源自一种对联盟的理解,源自一种预感——她俩势必要分开(她们常说婚姻是一场灾难)。

这一预感直接导致的结果就是这种骑士风范,这种想要保护对方的感情,在她身上比在萨莉身上体现得更加明显。因为在那些日子里,萨莉全然不计后果,为了体现自己的勇敢常常干一些傻事,骑着自行车围着露天平台的矮护栏转,抽雪茄。荒唐,实在是荒唐。但是她的美貌谁也不能否认,至少对克拉丽莎来说是如此,因此她还记得自己站在顶楼的卧室里,双手抱着暖水袋大声说:"她就在这屋子里……她就在这屋子里!"

不,现在这话对她来说绝对没有一点意义,旧日感情甚至连一丁点回音都听不到了。但是,她还记得自己因一时激动而受凉,欢欣地梳理头发(现在,她取出发卡,把它们放在梳妆台上,开始梳理头发,又有了往日的感觉)。当时有几只乌鸦在粉红色的夜灯下上下翻飞,她穿好衣服,下了楼,穿过大厅,觉得:如果现在死去,现在就最幸福。那就是她的感觉——奥赛罗[①]的感觉,她相信自己感受到了,和莎士比亚笔下的奥赛罗感受一样深刻,这些全都是因为

---

① 《奥赛罗》,莎士比亚四大悲剧之一。

她下楼吃晚饭时穿着白色连衣裙迎接萨莉·西顿!

萨莉·西顿当时穿着粉红色薄纱裙——这可能吗?不管怎么说,她动作轻盈、光彩照人,像一只小鸟,又像是一只气球飞进来粘在了一棵荆棘上作片刻停留。但是没有什么可奇怪的,因为恋爱了(除了恋爱还能是什么?),最奇怪的是他人的漠不关心。海伦娜姑妈刚好饭后离开,爸爸在看报。彼得·沃尔什也许就在那儿,老卡明斯女士兴许也在,约瑟夫·布赖特科普夫肯定在,因为他每年夏天都来。可怜的老头儿一住就是几个星期,假装和她一起读德文,实际上是来弹钢琴、唱歌的,心里默默地哼唱勃拉姆斯的曲子。

对于萨莉来说,所有这一切只能算是一个背景。她站在壁炉边讲话,声音很美,美到她所说的每一句话听起来都像爱抚。父亲慢慢地受到了她的吸引,开始改变主意(他的书,他从不肯借给她一本,结果发现书在阳台上被浸湿了)。萨莉突然说:"坐在屋里太无聊了!"于是大家都到外边的平地上散步。彼得·沃尔什和约瑟夫·布赖特科普夫还在谈论瓦格纳,克拉丽莎和萨莉跟在后面。她一生中最美好的时刻就出现在她们路过一个栽满鲜花的大石缸时，萨莉停下脚步，摘了一朵花，亲吻了一下她的嘴唇。整个世界好像发生了翻天覆地的变化！其他人都不见了，只剩下她和萨莉。她感觉好像收到了一件包好的礼物，归她保管，但不能看——是一颗钻石，无价之宝，包装得很好，在她们散步（来来回回）的时候，她打开了包装，与其说是打开，还不如说是它的光芒冲破了包装，是上帝的启示，是宗教的感情。就在这个时候，老约瑟夫和彼得迎面走来。

"在看星星吗？"彼得说。

这无异于把脸往暗处的花岗岩墙上撞！太糟糕了！太可怕了！

这不是为她自己着想，她只是感到萨莉受到了莫大的伤害与虐待。彼得分明是不怀好意，嫉妒心作祟，成心要在她俩之间插上一杠子。她所看到的一切犹如闪电中的风景——只见萨莉（她从来没有像今天这样爱慕过萨莉）大笑一声，依然我行我素，寸步不让，迫使老约瑟夫说出众星星的名字，这也正是老约瑟夫喜欢干的事。克拉丽莎站在那儿，仔细听，那些星星的名字她都听见了。

"哦，这真可怕！"克拉丽莎自言自语，好像她本来就知道这短暂的幸福必然要被打断，必然要被毁。

没错，毕竟克拉丽莎欠彼得的太多了。只要她想起彼得，就会想起他们之间的争吵，也许是因为她非常需要他的好评。她感谢他评价她的两个词：多愁善感、有教养，这两个词开启了她一天的生活，天天如此，仿佛他在保护她。书是感伤的，生活的态度也是感伤的。"感伤"，也许她注定要回忆过去。彼得回来以后会怎么想呢？克拉丽莎不知道。

她老了吗？彼得回来以后，会说她老吗？或者说他看出克拉丽莎的心思，看出来了也不说出来？确实，她老了，自从那场病以后，她的脸色几乎苍白了。

克拉丽莎把胸针放在桌子上，突然感到一阵抽搐，仿佛有只冰冷的爪子趁她冥想之际牢牢地抓住了她。她还没有老呢，才刚刚步入第五十二个年头。还有好几个月要过呢，六月、七月、八月还都没到。好像是为了抓住正在流逝的时光，克拉丽莎（正走向梳妆台）一头扎入了那一瞬间，想把它抓紧。所有早晨的压力全部压在了六月早晨的这一瞬间，她重新看待镜子、梳妆台、所有的瓶子，把全身都集中于一点（当她照镜子的时候），集中到那张精致的粉红色的脸上，那是当晚要举行宴会的女人的脸，就是克拉丽莎·达洛维的脸。

自己那张脸，克拉丽莎不知看了有多少万次了，每次都是不易察觉地紧缩。她每次照镜子都要噘起嘴，为的是突出她的脸。那就是她——尖尖的脸，棱角分明，宛若飞镖。那就是她，一种努力，一种做自己的召唤，把全身各个部件汇聚到一起。这是多么与众不同，多么格格不入，只有她自己明白，也只有她一个人才这样做，把整个世界聚集到一个中心、一颗钻石、一个女人身上。这个女人就坐在自家客厅里，制造这样一个焦点，她无疑是枯燥生活中的一丝光亮，也可能是一个孤独者的避难所。她曾帮助过一些年轻人，他们都对她感激不尽。她曾试图一以贯之，丝毫不显露自己的另一面，如嫉妒、虚荣、疑心等。像今天布鲁顿夫人不请她吃午饭这件事，她认为这种做法实在是太卑鄙了！（她终于开始梳头）。咦，她的连衣裙在哪？

她的晚礼服都挂在衣橱里，克拉丽莎把手伸进衣橱，里面软绵绵的，她轻轻地取出那件绿色的连衣裙，拿到窗子跟前看。这件连衣裙曾经被人踩了一脚，撕破了，好像是大使馆宴会那次。在灯光的照射下，这件绿色的连衣裙熠熠生辉，可是拿到太阳光下却暗淡了许多。连衣裙得缝补一下，但仆人们需要做的事太多了，根本顾不上。可是今晚还得穿，于是她拿起丝线、剪刀，还有什么来着？当然是顶针了。她带着这些东西来到了楼下的客厅，因为她还有东西要写，还得看准备工作是不是大体上就绪了。

克拉丽莎在楼梯平台那儿停了一下，眼前映出了钻石的形状和孤单的身影心里在想，奇怪，一个女主人竟然对每时每刻的情况和屋内每一个人的脾性都了如指掌。站在这里她可以听见下边的响动，墩布的沙沙声、拍打声、敲击声、前门打开的声音、地下室传递信息的声音、托盘里银器的叮当声，那是为宴会准备的干净银器。一切都在为晚上的宴会做准备。

（这时，露西端着托盘进入客厅，把几个巨型烛台摆放在壁炉架上，银首饰盒放在中间，水晶海豚朝向座钟。客人们来了会站在这里，说话嗲声嗲气的，连露西都学会模仿了,女士们、先生们!在所有人当中,就数她的女主人最可爱——有银饰器、亚麻、瓷器,什么都不缺。因为这阳光、银饰、卸下铰链的门、昂伯尔梅尔公司的伙计让她有一种成就感。这时她把裁纸刀放在了嵌有花纹的桌子上。在卡特汉姆,她第一次在一家面包店做服务员时,透过橱窗向外窥视,还对店里的老朋友说:"看啊!快来看啊!她就是安吉拉夫人,是玛丽公主的侍从。就在这时,达洛维夫人进来了。)

"哦,露西,"她说,"这些银器可真漂亮啊!"

"还有,"她边把水晶海豚立起来,边说,"昨晚的戏怎么样,喜欢吗?""唉,没看完她们就得走!"露西说,"十点前她们就得回来!""她们不知道后边的剧情,"露西继续说。"运气实在是差,"克拉丽莎说(如果提前告诉她,仆人们就能晚点回来)。"真遗憾,"克拉丽莎说着,拿起沙发中央那个光秃秃的旧靠垫塞到露西的怀里,轻轻推了一把,大声说:

"把它拿走!给沃克太太送去,替我向她问好。快去!"

露西抱着靠垫在客厅门口停下来,脸稍稍有点红,害羞地问能不能顺便让她补补那条裙子。

达洛维夫人说她手头的活已够她做的了,不补裙子也够她忙了。

"但是,谢谢,露西,谢谢,"达洛维夫人说,"谢谢,谢谢",不住地说(坐在沙发上,裙子搭在膝盖上,还有剪刀、丝线),"谢谢,谢谢",一个劲儿地感谢,对仆人们的帮助感激不尽,说没有大家就没有她的今天,就没有她今天的友善,就没有她今天的大气。她的仆人们都很喜欢她。再说她这件连衣裙——撕破处在哪里?该往针上穿线了。这是她最喜欢的一条连衣裙,萨莉·帕克为她做过许多连衣裙,这差不多是最后一件。天哪!因为萨莉已经退休,现居住在伊灵。"一旦我有了空,我就去伊灵看看她。"克拉丽莎心里这样想,可她永远也不会再有空。因为她是一个大人物,克拉丽莎这样想,是个真正的艺术家。她的想法稀奇古怪,但她的衣服一点都不怪。你可以穿着它去哈特菲尔德,也可以去白金汉宫,她就穿着它去过。

克拉丽莎突然安静了下来,内心平静,感到心满意足,手里的针线一挑一顿,把那些绿色的褶子聚敛在一起,然后轻轻地缝在腰带上。夏天的日子就像波浪一样,先聚集在一起,然后失去平衡,流散开去,聚集、流散,循环往复。整个世界似乎都在说:"很简单,就这么回事。"语气越来越生硬,就连海滩上晒太阳的那个躯体,它的心也在说,就这么回事。别害怕,那颗心说。别害怕,那颗心说,同时将心里的负担转嫁给大海,大海的哀叹代替了所有的忧伤,然后就是更新、开始、聚集、跌落。剩下那个躯体则独自在聆听过往的蜜蜂歌唱,听海浪拍打,听狗吠声,远处不绝的狗吠声。

"天哪!前门的门铃!"克拉丽莎停下手中的针线活,大声惊呼。她精神振奋,侧耳细听。

"达洛维夫人她会见我的,"大厅里一个年纪大一点的男人在说,"哦,是的,她会见我的,"边说边善意地把露西推到一边,飞快地向楼上跑去。"是的,是的,是的,"他一边跑一边自言自语,"她会见我的,我在印度待了五年了,她会见我的。"

"谁啊?什么事?"达洛维夫人听见楼梯上有脚步声,忙问(现在是上午十一点,她正忙着操办宴会呢,居然有人来打扰,实在可气)。她听见有人敲门,想把衣服藏起来,像是处女在保护贞操,注重隐私。这时,铜把手轻轻一动,门开了,人进来了——她一时竟叫不出他的名字来了。见到他,克拉丽莎的心里就像掀翻了五味瓶,既是惊讶,又是高兴,还有点害羞,是哪股风把彼得·沃尔什给吹回来了!(她还没收到他的来信。)

"你好吗?"彼得·沃尔什激动万分,紧紧握住她的双手,亲吻她的双手。沃尔什一边坐下一边想,她老了,对此我什么也不能说,因为她老了。她现在看着我,彼得·沃尔什还在想。突然他感觉有点尴尬,尽管他刚才亲吻了她的双手。他把手插入兜里,掏出一把长长的折叠刀,并把刀打开一半。

几乎没有变化,克拉丽莎心想,还是古怪的表情,还是那套格子西装。不同的是,脸上少了点诚实,瘦了点,干了点。但身体看来非常健康,和以前一样。

"能够再次见到你真是太好了!"克拉丽莎不禁感叹道。彼得把折叠刀掏出来,这就是他的一贯作风,她想。

他说他昨晚刚到,马上又得去乡下。理查德好吗?伊丽莎白好吗?大家都怎么样?一切都好吗?"哎,这些是什么?"他拿折叠刀指着那绿色的连衣裙问。

他穿着打扮十分讲究,可他总是批评我。克拉丽莎心想。

她这是在补裙子,像往常一样在补裙子。我去印度的这些年她一直坐在这里,补裙子,玩儿,参加各种宴会,在家与下议院之间来回奔波。他越想越气,越想越激动,因为对一些女人来说,这世上再没有比结婚更坏的了。她喜欢政治,找了一个保守党的丈夫,比如令人敬佩的理查德。就该这样,就该这样,想到这,彼得"啪"地一下合上了折叠刀。

"理查德过得很好,他正在开会。"克拉丽莎说。

克拉丽莎打开剪刀,问他介不介意她补完裙子,因为晚上有宴会。

"这个宴会我不会请你参加的,"她说,"我亲爱的彼得!"

但是听见她说"我亲爱的彼得"时,他的心里倍感亲切。确实,这里的一切都是那么亲切,包括这些银器,这些椅子,全都是那么亲切。

为什么不请他参加？彼得问。当然了，他很有魅力！他的魅力非同一般。当初我没有嫁给他，做出这样的决定是何等的艰难，就是在那个该死的夏天，我为什么要做这样的决定呢？克拉丽莎寻思着。

"但是今天你能来到这里，真是太让人感到意外了！"克拉丽莎大声说，同时双手叠放在衣服上。

"你还记得吗？"她说，"在博尔顿的时候，那些窗帘老是啪啪作响？"

"是啊。"彼得说。彼得还记得那次与克拉丽莎的父亲单独用早餐时的情形，别扭极了。她父亲去世，可彼得也没有给克拉丽莎写过一封信安慰一下。不过他跟老帕里一向合不来，就那个满腹牢骚、毫无骨气的老头儿，克拉丽莎的父亲——贾斯汀·帕里。

"我常常有这样的愿望，就是能和你父亲相处得好一点。"彼得说。

"可是，他从未喜欢过任何一个想要——从未喜欢过我的朋友。"克拉丽莎说。这话她本来可以不说的，因为这话是在提醒彼得，他曾经想娶她。

何尝不想呢！彼得心想，这事几乎让我心碎。这事太令人伤心了，就像坐在露天平台观月亮，可望而不可即。自那以后我是一天比一天忧伤。彼得心里这么想。今天，他仿佛真的坐在了露天平台上，身体向克拉丽莎挪了挪，伸出手来，举起又放下。那轮明月就悬挂在他们的上空，她也好像同他一起坐在露天平台上，沐浴在那月光下。

"那地方现在归赫伯特了，"克拉丽莎说，"我再也没有去过那儿。"

接下来，正如月光下的露天平台上通常会发生的那样，一个人因为无聊而感到羞愧，另一个人安静地坐着，十分安静，只是伤心地看着月亮，不愿说话，只是动动脚，清清嗓子，对着桌腿上的铁涡卷形花纹出神，拨动一下树叶，就是不说话——这就是现在的彼得。彼得心里在想，为什么要以这样一种方式来回顾过去呢？为什么要让他再想一遍呢？她已经把他折磨得够惨了，为什么还要让他痛苦？为什么？

"你还记得那湖吗？"感情的压力之下，她突然开口了。由于她的内心为感情所困，咽喉肌肉发紧，在说"湖"

字时嘴唇有点抽搐。那时的她在父母面前还是个孩子，站在湖边给鸭子扔面包吃，而同时也是一个成年女人，怀抱自己的生活来到父母面前，越靠近他们，生活也越来越丰满，直到成为一个完整的生活，她把生活放到父母眼前，放到父母的身边，说："这就是我的成果！就这！"可成果是什么呢？究竟是什么？就是今天上午和彼得坐在一起缝补衣服吗？

她看着彼得·沃尔什，她的目光无疑穿越了时间与感情落到他的身上，泪眼婆娑地停留在他的身上，然后又起身飞走了，宛若鸟儿一样触了一下树枝，起身飞走了。克拉丽莎轻轻地揉了揉眼睛。

"记得，"彼得说，"记得，记得，记得……"好像她把事情挑明了，刺痛了他。别说了！别说了！他真想大哭一场。因为他还不老，他的生命还没有到头，不管怎么说都没有，他才五十岁。彼得心想，我是该告诉她呢，还是不告诉她？他想据实相告，可她太冷淡了，只顾缝啊剪啊。

黛西在克拉丽莎身边显得很普通。克拉丽莎可能会认为他是个失败者，在他们眼中，在达洛维夫妇眼中，他的确如此。彼得是这么想的。是的,这是毫无疑问的,与这里的一切相比,他就是个失败者——这里有雕花餐桌、裁纸刀、海豚烛台、椅套、珍贵的英国淡彩古画——他就是个失败者。我讨厌这些东西里透露出的傲慢,他想,我是指理查德,不是克拉丽莎,只不过她嫁给了他。(这时,露西拿着银器进来了,好多的银器,在她弯腰往下放的时候,彼得心里想,她是那么妩媚、那么纤细、那么优雅。)克拉丽莎的生活一直以来就是这样,日复一日,年复一年,而我呢——想到这儿,他所经历过的一切一股脑儿从他周身散发出来——旅行、骑马、吵架、探险、桥牌会、恋爱、工作、工作、工作!想到这,彼得掏出折叠刀,把折叠刀打开紧紧攥在手里——克拉丽莎可以肯定地说这把牛角柄折叠刀三十年来从未离开他的左右。

真怪!他居然有这样的习惯,就爱玩刀。彼得总给人一种特别轻浮、头脑空空的感觉,一个愚蠢的话匣子而已,这跟他过去没多大区别,我也好不到哪里去,克拉丽莎想。同时,她拿起针,开始召唤,俨然像一个女王,卫兵们已经睡下,留下她一个人没人保护(她对他的突然来访感到惊讶——她很沮丧），任何人都可以随意进入，看到她与荆棘共眠。她把一切都召唤到她身边帮助她，她喜欢的事物、她的丈夫、伊丽莎白、还有她自己。总之，她要把它们留在自己身边，把敌人击退。这些都是彼得不知道的。

"那么，这些年你都干什么去了？"克拉丽莎说。每次大战前夕，战马都要刨刨地、甩甩头、亮出肋腹、弯弯脖子，为大战做准备。更何况彼得·沃尔什和克拉丽莎，他们肩并肩坐在蓝色沙发上，互相比较各自的生活。彼得浑身都有使不尽的力气，他讲了各种各样的事情：他所受到的表扬、他在牛津大学的经历、他的婚姻（对于他的婚姻她一无所知），还有他是怎样爱的。

"事情多得很！"他大声嚷嚷，浑身的力量四处涌动，他又是那么害怕，那么激动，好像他要被扛到一些无缘谋面的人的肩膀上。在这些力量的驱使下，他把双手举到了额头。

克拉丽莎身体笔直，坐在那儿，吸了一口气。

"我恋爱了……"彼得说。但不是对克拉丽莎说的，而是对着黑暗中被举起的一个人说的，人们无法触摸她，你只能把你的花环悄悄地放在草地上。

"恋爱了,"彼得又说了一遍,这一次是带着嘲讽的口气对克拉丽莎·达洛维说的,"和一个印度姑娘谈恋爱了。"他已经把花环摆好了,克拉丽莎爱怎么想就怎么想吧。

"恋爱!"克拉丽莎说。这把年纪了,还带什么小领结,就不怕被魔鬼吸进肚里!况且他的脖子上又没有肉,双手发红,还比我大六个月!她的目光又回自己身上。从内心深处她感觉到,还是老样子,他恋爱了。他就那德行,恋爱了。

但是,自负者是不会服输的,跟他们作对永远没有好下场,就像河流一样永远是前进、前进、前进的。不可否认,即便我们没有什么目标,但我们依旧前进、前进。这种自负感使她脸颊泛红,让她显得更年轻,皮肤粉嫩,眼睛透亮。克拉丽莎坐在那儿,裙子搭在膝盖上,手中的针已到了绿丝线的尽头,微微抖了一下。他恋爱了,不是和她,当然是和一个更年轻的女人。

"那么她是谁呢?"克拉丽莎问。

现在是时候取下高处那尊塑像,放到二人中间了。

"非常遗憾,是一个结过婚的女人,"彼得说,"一位印度陆军少校的妻子。"

他微微一笑,略带几分酸楚,用这样一种可笑的方式把她摆在了克拉丽莎的面前。

(还是老样子,他恋爱了,克拉丽莎这么想。)

"她有,"彼得继续说,表现得非常理智,"两个小孩,一个男孩,一个女孩,我这次过来就是想和我的律师商量一下离婚的事。"

他们的情况大体上就是这样。克拉丽莎,你想怎么对他们就怎么对他们吧!他们就是那个样子!在彼得看来,印度陆军少校的妻子(他的黛西),还有她那两个小孩子似乎变得越来越可爱了,因为有克拉丽莎在看着她们。仿佛他把灯光打到了盘子里的一颗灰色小球上,于是一棵可爱的小树就长起来了,沐浴在凉爽的海风下,这凉爽的海风就是他们两人之间的亲密关系(因为从某种意义上来说,没有人会像克拉丽莎那样理解他,与他感情相通)——美好的亲密关系。

克拉丽莎心想,那女人是在奉承他、愚弄他,她三两下就描绘出那个女人的形象,就是那个印度陆军少校的妻子。真浪费!真愚蠢!彼得的一生就是这样被愚弄,先是被牛津大学开除,然后娶了在去印度的船上认识的女人,接下来又和这个少校的妻子不清不楚——还好自己没有答应嫁给他!尽管如此,他还是恋爱了,她的老朋友,她亲爱的彼得,他恋爱了。

"可是,你下一步做何打算?"克拉丽莎询问彼得。哦,林肯律师协会胡珀-格雷特里事务所的律师和诉讼代理会处理的,彼得说。他居然在用他的折叠刀削指甲。

看在老天的份上,别玩你的刀了!克拉丽莎按捺不住胸中的怒火对自己大声喊。这就是彼得反社会习俗的愚蠢表现,是他的弱点所在,缺乏对别人的理解,这些都让她十分恼火,一直以来都让她十分恼火。都一把年纪了,多愚蠢啊!

这些我都知道,彼得在想。我知道我这是在跟克拉丽莎和达洛维作对,他一面想一面用手指擦拭刀刃,我就是要做给克拉丽莎看——然而,令他大吃一惊的是,他突然被一股莫名其妙的力量支配,眼泪顿时夺眶而出,放声大哭起来，不顾羞耻地大哭起来，他坐在沙发上，任凭泪水往下流。

克拉丽莎身子前倾，抓起他的手，把他拉到自己身边，吻了他——实际上，在她压住胸中的热情之前，她就已经感觉到他们的脸贴在了一起，胸中有无数银光闪闪的羽毛在飞舞，就像热带狂风中的蒲苇。渐渐地，激情退却后，只剩下她握着他的手，轻拍他的膝盖，她往后坐了坐，感觉和他在一起是那么自在，那么轻松。突然间，她有了一个新的想法，如果我嫁给了他，这样的欢乐不就天天属于我了！

可是一切都来得太晚了。床单绷得很紧，床很窄。她独自一人住在顶楼，其他人在阳光下采摘浆果。门已经关上了，那里虽然墙皮脱落还有杂乱的鸟巢，但视野很开阔！声音只能微弱地传到这里，让人感到害怕，记得有一次声音来自莱斯山上，吓得她大喊，"理查德，理查德！"像一个熟睡的人突然被惊醒后伸手求救。和布鲁顿夫人一起共进午餐呐，她突然想起来了。克拉丽莎双手抱膝在想，我就是孤独的命。

彼得·沃尔什站起身来，走到窗户前，背对她站着，手里挥舞着一块印度印花大手帕。他动作老练,却十分乏味,很是凄凉,你看那瘦瘦的肩胛骨上轻轻地挑着一件衣服,擤鼻涕倒是很有力量的。带上我吧,克拉丽莎有点冲动,好像彼得就要开始什么伟大的海上航行了。紧接着的下一刻,又好像是一出激动人心、感人肺腑的五幕剧结束了,她仿佛在剧中过完了一生,私奔、和彼得一起生活,但现在一切都结束了。

现在是行动的时候了,女人们开始收拾东西,斗篷、手套、看戏用的望远镜,起身离开剧场走向街头。克拉丽莎从沙发上站了起来,走到彼得跟前。

这就怪了,她依然那么有影响力。看她走路的样子,丁零零、沙沙沙,很有影响力。可以让他讨厌的月亮在博尔顿的夜空升起,照亮夏夜的露天平台。

"告诉我,"彼得一把抓住她的肩膀说,"你过得幸福吗,克拉丽莎?那个理查德……"

这时,门开了。

"这是我家伊丽莎白。"克拉丽莎有点动感情,也许是在演戏。

"你好。"伊丽莎白走上前来说。

大本钟半点的钟声敲响了,有他们在,今天敲得异常有力,仿佛一个强壮、冷漠、不为他人着想的小伙子在挥舞哑铃,这边一下,那边一下。

"你好,伊丽莎白!"彼得把手帕塞进衣兜,快步朝她那边走去,说了声"再见,克拉丽莎",头也不回就走了。他下了楼,打开大厅的门走了。

"彼得!彼得!"克拉丽莎大喊,跟着他来到转步台。"我的宴会,今晚!别忘了今晚的宴会!"为了盖过外面的喧闹声,她只得提高嗓门。只可惜她的声音被来来往往的人流、车流和时钟齐鸣的声音淹没了,与这些声音相比,她的声音苍白无力,彼得·沃尔什已走远,门已关上。

"别忘了我的宴会,别忘了我的宴会。"彼得·沃尔什已到了街上,嘴里还在有节奏地自言自语。与人流、车流的声音和大本钟那直截了当的半点报时敲击声非常合拍。(那沉闷的声波慢慢消失在空中。)哦!这些宴会,克拉丽莎的宴会,为什么她要组织这些宴会?他并不想责备她,也不想责备那些身穿燕尾服、纽扣眼里别枝康乃馨向他走来的男人。世界上可能只有一个人像他一样,恋爱了。他就在那里,这个幸运的男人就是他本人,维多利亚街上一家汽车制造商的厚玻璃窗上有他的身影。整个印度就在他的身后,平原、山地,霍乱、瘟疫,一个面积两倍于爱尔兰的区域。他曾经独自做出这样的决定——就他,彼得·沃尔什,现在可是他平生第一次恋爱。克拉丽莎变得无情无义了,彼得想;他还怀疑她有点多愁善感。这个时候,彼得正在看那些伟大的汽车能干什么——加多少加仑汽油可以跑多少英里。因为他在机械方面还有两把刷子,曾经在他居住的地区发明过一种犁,从英格兰订购过一些手推车,只是那些苦力不愿使用它们。所有这些克拉丽莎一点都不知道。

克拉丽莎说"这是我家伊丽莎白!"的语气惹怒了彼得,为什么不简简单单地说"这是伊丽莎白"呢?一点都不坦诚,伊丽莎白也不喜欢她这么说。(那巨大深沉的余音依然在他耳边回荡,半点钟,时候尚早,才十一点半。)因为彼得理解年轻人,喜欢他们。克拉丽莎不知怎么总是有点冷漠,还有点懦弱,从小就这样,到了中年变得有点守旧。唉！一切都完了，一切都完了，彼得心里这么想。他沮丧地望着玻璃窗的深处，不知道选择那样的时间去拜访她是否惹恼了她。彼得突然为刚才所做的傻事而感到羞耻，放声痛哭，情绪激动，和往常一样把一切都告诉了她，和往常一样。

乌云遮住了太阳，寂静降临伦敦城，也降临到了人们的心头。一切努力都停止了，时间在旗杆上飘扬。我们都原地停下，原地站着。只有习惯，还像骨架一样支撑着人类的躯体，独自支撑着人们的躯体。其实里面什么都没有，彼得自言自语道，感觉心里面是空的，完全被掏空了。克拉丽莎拒绝了我，彼得站在那儿思索着，克拉丽莎拒绝了我。

啊，圣玛格丽特教堂的钟声响起，它像女主人一样走进客厅，发现客人们都已到齐。我没有迟到，现在刚好十一点半，她说。尽管她说的一点没错，可她女主人般的声音，完全隐藏了她的个性。过去的一些痛苦就不提了，目前的一些担忧也不提了。现在是十一点半，圣玛格丽特教堂的钟声已悄悄地进入人们的内心深处，消失在一圈又一圈的声波中，就像一个有生命的东西想要吐露心声、传播给更多的人,再心满意足地安静下来——就像克拉丽莎本人一样,听到钟声响起,她就穿起白色礼服走下楼梯。她就是克拉丽莎本人,满怀深情,头脑异常清晰,但是回忆起她的过去还是有点困惑。好像钟声几年前就进了这屋,他们坐在一起共同享受这甜蜜的时刻,然后这钟声从一屋到另一屋,直至最终离去,像是蜜蜂采蜜满载而归的那一刻。但是,是在哪间屋子,哪一刻,为什么钟声一响他就感觉如此幸福?然而,随着圣玛格丽特教堂的钟声渐渐平息,彼得心想,她一直有病在身,钟声表达的是虚弱和痛苦。是心脏有毛病,他还记得。这最后一击,声音突然特别响,是丧钟,有点奇怪,怎么会在人生的中途响起!克拉丽莎就在她站的那儿倒下了,就在她的客厅。不!不!彼得哭喊着,她没有死!我还不老。他哭喊着,沿白厅街大踏步前进,好像光明的未来正朝气蓬勃地向他走来,时间永远不会停止。

　　他还没老,不顽固,也不乏味。至于别人怎么说他——比如达洛维夫妇、惠特布雷德夫妇之流,他一点儿也不在乎——一点儿也不(尽管说不定什么时候他还得求理查德帮他找个工作)。彼得迈开大步,瞪大眼睛,怒视着坎布里奇公爵的塑像,因为他曾经被牛津大学开除——这是事实。他过去是一个社会主义者,从某种意义上来说是一个失败者——这也是事实。他认为,人类文明的未来就掌握在年轻人的手中,像三十年前他这样的年轻人手中。他们热爱抽象理论,他们托人把书从伦敦一路寄往喜马拉雅山脉的某一座山峰,他们在那儿阅读科学、哲学书籍,他认为未来就掌握在那样的年轻人手中。

身后传来一阵急速的轻拍声,像是林中的树叶沙沙作响,还伴随着一阵有规律的砰砰声,这声响强烈地影响着他,打乱了他的思绪,让他的脚步不由自主地跟着节奏向前迈去,向白厅街进发,自己根本不用动脑子。小伙子们身穿制服,肩扛步枪,眼睛平视,臂膊坚挺,步伐整齐,脸上的表情就像刻在塑像底座上那些赞扬的词:尽职、感恩、忠诚、热爱英国。

彼得·沃尔什心想,要想跟上他们的步伐,必须做到训练有素。可是他们的身板也不怎么样,大部分还很瘦弱,都是些十六岁的小伙子,将来有一天也许会站在柜台后面卖大米、肥皂什么的。现在他们的表情庄严肃穆,没有掺杂任何感官上的愉悦或日常的成见,这庄严肃穆来自那个从芬斯伯利街带往空坟的花圈。他们刚刚宣过誓,过往的行人车辆尊重他们,小货车停下,让他们通过。

我跟不上他们的步伐,彼得·沃尔什想。他们在往白厅街的方向行进,他们以稳健的步伐继续行进,把他甩在了后面,把每一个人都甩在了后面,好像他们的腿和胳膊有统一的指挥。就这样,多姿多彩、不拘一格的生活,被纪律约束,成为一具死不瞑目的僵尸,被埋在树满纪念碑、铺满花环的人行道下。人们还得尊重它,有人也许会笑,但是必须尊重它,彼得想。他们走了,彼得·沃尔什在人行道边上停下来想。所有尊贵的塑像,纳尔逊、戈登、哈夫洛克,他们曾经都是伟大的士兵,这些黑色的、壮观的塑像眺望着远方,好像他们也曾做过同样的牺牲(彼得·沃尔什觉得自己也曾做出巨大的牺牲),同样也被诱惑摧毁,最终被做成雕像,供人瞻仰。彼得·沃尔什很钦佩这样的人,但自己无论如何也不想成为被瞻仰的对象,他也钦佩这些孩子。他们还不知道众生的烦恼,他想。此时,行进的孩子们消失在斯特兰德街的方向——我就是从那边一路走过来的,他边想边过了马路,来到戈登的塑像底下。他从小就很崇拜戈登,戈登双臂交叉,单腿抬起,孤零零地站在那儿——可怜的戈登,他想。

除了克拉丽莎,还没有人知道他在伦敦,经过一番海上颠簸,他觉得自己现在好像还在小岛上。现在已经十一点半了,在特拉法尔加广场上,他独自一人,举目无亲,没人认识他,陌生感油然而生。这是怎么回事呢?我这是在哪里?究竟为什么要这样做呢?离婚似乎很不切合实际。他的心情平静了下来,平静得像一片沼泽地,理解、博大、仁爱三种情感占据了他的心田。可最终的结果好像变了,极度的欢乐无法抑制。好像他的大脑里,有另一只手拉动了绳子,打开了百叶窗。这些都与他无关,他仍旧站在街的起点,望不到街的尽头,如果愿意的话,可以漫步其中。他很多年都没感觉如此年轻了。

他已经解脱了!完全自由了——挣脱了习惯的束缚,这时候心灵就像没有灯罩保护的火苗,摇曳不停,眼看就要脱离灯座。我已经多年没有感觉如此年轻了!彼得心想。

他已得到解脱（当然只有一小时的时间），感觉自己像个孩子，跑出家门到外面去看，老保姆在招手，可不是他家的窗口。可是她却格外吸引人，他想着想着，就过了特拉法尔加广场，朝干草市场街的方向走去。这时走来一个年轻女人，在她从戈登塑像前经过时，彼得·沃尔什心想（因为他易动感情），这女人好像在一层层地褪掉面纱，直至变成一个他所向往的女人，年轻但不失庄重，活泼但不失谨慎，黝黑但不失妩媚。

彼得直了直身子，暗自摸了摸那把折叠刀，开始跟踪这个女人，寻求快感。这种快感即使背对着他，也能从背后发出光芒，将他们连在一起，仿佛这光芒单单挑中了他，好像有一只手拢在他耳边，在路上行人和车辆的喧嚣声中轻声呼喊他的名字，不是彼得，而是私下里他想问题时称呼自己的那个名字。"你，"她说，只一个"你"字，她带着白色的手套和披肩。然而，在她经过科克斯波街的登特商店时，她那长长的薄斗篷被风掀起，散发出包容的慈爱和哀伤的柔情，宛若张开双臂去拥抱那疲倦的人们……

可是她还没有结婚，还很年轻，不是一般的年轻，彼得心想，早在她穿过特拉法尔加广场时，他就看见她戴着一朵红色的康乃馨，这朵康乃馨红似火，映红了她的嘴唇。不过她站在马路边等人，看上去比较自重，她不像克拉丽莎那样老成，也不像克拉丽莎那样有钱。看她有要走的意思，彼得·沃尔什又想知道，她是否受人尊重呢？智慧，巧舌如簧，他想（人必须幻想，给自己找点乐子），她有冷静等待的智慧，敏捷的智慧，毫不张扬。

她在前面走，他在后面跟。给她制造点麻烦是他唯一的希望。如果她停下来，他就会说"来，喝一杯冷饮。"她会简单地回答"好的。"

但是，他们中间总是有行人，挡住了他，也遮住了她。他不停地追，她有了变化。她面颊绯红，眼神中带着讥讽。他是个冒险家，莽撞、敏捷、大胆，一个真正的浪漫海盗（昨晚他刚上岸，从印度回来），对那些该死的礼节，和商店橱窗里那些黄色的晨衣、烟斗、鱼竿等毫不关心，对名誉地位、晚会和穿戴整齐的老头（马甲里面穿白色套衫）也不关心。那女人还是继续走，穿过皮卡迪利广场，沿着摄政大街继续前行，始终走在他的前面。她的斗篷、手套、蕾丝披肩,连同商店橱窗里的毛围巾把商店里华丽的风格和怪异的想法带到人行道上,就像夜晚黑暗的树篱上摇曳的灯火。

那女人一路开心地笑着,过了牛津街和大波特兰街就拐进了一条小街,近了!近了!伟大的时刻就要来临,因为此时她放慢了脚步,打开皮包,朝彼得这个方向看了一眼,但不是看他,而是告别的一瞥,总结了整个局面,然后就得意洋洋地将之抛弃掉。她插入钥匙,打开房门,不见了!此时,克拉丽莎的声音在他的耳畔响起——别忘了我的宴会,别忘了我的宴会。那女人的房子和周围的房子一样,是红色的平房,门前挂着些花篮,可能不是什么正经地方。这件事就这样告一段落了。

彼得·沃尔什抬头注视着那些摇曳的白色天竺葵花篮,心里想,我从中得到了快乐,得到了快乐。然而,他的快乐很快就被击得粉碎,因为这快乐有一半是编造的,是虚构的,这一点他心知肚明。正如一个人总是虚构生活中好的那一部分,彼得想——给自己幻觉,虚构她,创造出极度快乐的情境。但奇怪的是,它的确是真的,不可与他人分享——它被击得粉碎。

彼得·沃尔什转过身来，上了街，想找个地方坐坐，等待与林肯律师协会——胡珀-格雷特里事务所约定时间的到来。他该去哪儿呢？无所谓，就沿着这条街走吧，去摄政公园吧。他的靴子踩在人行道上，好像在说，"不要紧"，因为时间还早，早得很。

今天早上的天气真不错。街上处处洋溢着生机，就像一颗健全的心脏在跳动。没有摸索，没有犹豫。汽车疾驰，急转，悄无声息地停了下来，时间精确，地点精准。下车的是位姑娘，穿着长筒丝袜，戴着羽毛头饰，一转眼就不见了。这姑娘对他来说没有什么特别的吸引力（因为他刚刚已放纵了一把）。彼得透过开着的门看到可敬的男管家、黄褐色的松狮犬、镶嵌着黑白菱形图案、飘着白色窗帘的大厅，他很欣赏这一切。毕竟，伦敦有自己的杰作：季节、文明。彼得出身于一个久居印度的盎格鲁人家庭，家族中至少三代为官，管理过这片大陆（真是奇怪，我不喜欢印度，不喜欢帝国，也不喜欢军队，竟然对它们抱有感情）。由于家庭背景的关系，有时他会觉得文明，即使是这种文明像个人财产一样珍贵；有时还会为英格兰、男管家、松狮犬、女孩子们能有这样一个安全的环境而感到自豪。够可笑的，这种感觉至今犹在。医生、商人、能干的女人，他们都在忙自己的事情，他们守时、机警、健壮，似乎都值得他钦佩。他们都是好人，完全可以将自己的生活托付给他们；他们都是你生活中的好伴侣，帮你渡过难关。由于种种原因，眼前的景象确实是可以容忍的。他要坐在阴凉处抽支烟了。

摄政公园到了。不错，自打孩提时起，他就在摄政公园散步——奇怪，不知怎么回事，小时候的一些想法老是涌上心头——也许是看见克拉丽莎的缘故，因为女人们比男人更恋旧，彼得这样认为。她们对地方，对父亲心存依恋——女人们总是为父亲而感到骄傲。博尔顿是个好地方，一个非常不错的地方，但是我就是与那老头脾性不投，他想。有一天晚上，不知因为什么事情他们发生了争吵，究竟是什么事情他记不清了，大概是政治方面的事情。

是啊，摄政公园他没有忘，又长又直的走道，左边卖气球的小房子，还有一尊滑稽可笑的、带有题字的塑像，在什么地方他已记不清了。他在找一个空座位，又不想被打扰（确实感觉有点困了），不想被人问时间。正好有一个年纪略大一点的灰衣保姆坐在长椅上，她带着一个小孩，小孩在童车里睡着了——这个选择再好不过了，于是他就在长椅的另一端坐了下来。

这姑娘长相有点怪，他正在寻思，突然想起了伊丽莎白进屋后站在她母亲身边的样子。她长大了，确实长大了，就是不怎么漂亮，但还说得过去，估计不超过十八岁。很可能她和克拉丽莎相处得不怎么样。"这是我家伊丽莎白"——诸如此类——为什么不简简单单地"这是伊丽莎白"？——想蒙混过关，多数母亲会使出这种手段，这种事情她们可做不得。她也过于相信自己的美貌了吧，彼得想。克拉丽莎有点过分。

浓烈但不伤身体的雪茄烟雾被他咕噜咕噜吞进肚里，凉凉的，然后又吐出，烟圈勇敢地将周围的空气推开，蓝色、圆形的烟雾——今天晚上我要想办法与伊丽莎白搭上话，彼得想——烟雾慢慢变成沙漏形状，直至消失，它们的形状真奇怪，他想。突然，彼得闭上了眼睛吃力地抬起手，把烟头扔掉。一把巨大的刷子轻轻地拂过他的心头，将风中摇摆的树枝、孩子们的嬉戏声、脚步的沙沙声、过往的行人、车流的嗡嗡声,统统一扫而光。他觉得越来越沉重,越来越沉重,陷入了羽毛般轻柔的睡眠中,最后就什么也听不见了。

尽管椅子热得发烫,可彼得·沃尔什还是开始打呼噜了,坐在一旁的灰衣保姆继续织她的毛衣。保姆穿一件灰色的连衣裙,双手不停歇,却也没有制造出多少声响,俨然一个睡觉者的保护神,像是暮色中,出没在树林中的幽灵。那孤独的旅人,也就是出没于小巷之中毁坏花草的人抬头一看,突然看见了旅途尽头的巨人。

若论信仰,他很可能是一个无神论者,瞬间的狂喜总会令他大吃一惊。他认为除了意识形态,在我们的外部什么都不存在。说穿了它就是一种愿望,一种寻求慰藉与解脱的愿望,是那些小人物,那些性格软弱、相貌丑陋、胆小怕事之辈寻求外部支持的一种愿望。但是如果他能想象出她,那么在某种程度上她就存在,他这样认为。他一面沿着小路前进,一面抬头望着天空和树枝,赋予它们女人的特征,欣喜地看到它们那么严肃。在微风吹拂下,它们庄严而又高姿态地播撒着慈爱、理解与宽恕，又突然高高扬起，不知是一种虔诚的姿态，还是一种狂欢的姿态。

这些都是幻觉，就像为孤独的旅客端上大盘大盘的水果，美艳的妖妇慵懒地从碧波之上走来在他耳畔低语，像一束束玫瑰花直奔他的脸而来，又像渔民们在洪水中奋力去拥抱的那些浮上水面的苍白的脸。

这些都是幻觉，层出不穷，寸步不离现实的左右，还把脸凑上前来。这些幻觉经常凌驾于孤独的旅客之上，并剥夺了他对尘世的感觉、回归的希望，再给予他一种平和的心境作为补偿，好像生活的狂热本身就简单（这是他沿着林间马道前行时想的），又好像无数事物合而为一。这一由天空和树枝构成的人（年龄不小了，估计五十出头），从汹涌的海面升起、成形，或者她就是海浪幻化而成的，用她高贵的双手去播撒同情、理解和宽恕。于是他就想，但愿我永远不再回到灯光下，回到客厅，永远不看完我的书，永远不磕烟斗里的灰，永远不按响铃让特纳夫人来收拾家。就让我一直走，来到这个巨大的幻影面前，她一甩头，就让我顺着她的飘带，随世间万物一起进入虚无的世界。

这些都是幻觉。孤独的旅客很快就会到达树林的那头，出来开门的是位上了年纪的女人，她蒙着双眼，很可能是期盼他回家，双手高举，任白色的围裙被风吹，这位老妇人（虽然体弱多病，但看上去还是很有力的）似乎在广袤的大漠中寻找失散的儿子。身为一个母亲，她的儿子们在战争中丧生。因此，在孤独的旅客沿着村里的街道前行的时候，女人们站在街头织毛衣，男人们在园子里干活，这样的夜晚似乎是不太吉利。人们一动不动，就好像什么令人敬畏的命运马上就要将他们一扫而光，这些他们都知道，只是无所畏惧地等在那里。

室内就是些寻常物件，有橱柜，有饭桌，还有那摆放着天竺葵的窗台。突然，房东老太太的身影出现了，她在弯着腰撤台布，身影在灯光的照射下柔和了许多，这是一个可亲可敬的形象，可是冰冷的人际关系让我们无法拥抱。她拿起柑橘酱，放入橱柜关起来。

"先生，今晚没有别的事了吧？"

但是，孤独的旅客该对谁回答呢？

在摄政公园，那位年纪大一点的保姆还在一边照看熟睡的孩子，一边织毛衣。彼得·沃尔什还在打呼噜。

他醒了，醒得很突然，嘴里还不住地念叨："死去的灵魂。"

"上帝啊，上帝！"彼得大声地自言自语，伸了伸懒腰，睁开了眼睛，"死去的灵魂！"这样的话把他自己与一些场景、某个房间和他一直向往的一些往事联系了起来。那场景，那房间，那一直向往的过去，变得愈发清晰了。

那是在博尔顿，（19世纪）90年代初期的一个夏天，那时他还深深地爱着克拉丽莎。那里人很多，有说有笑，喝过茶后仍围坐在桌子旁不肯走，整个房间沐浴在金色的阳光下，弥漫着香烟的烟雾。他们在谈论一个男人，这男人娶了自己的仆人，是周边的一位乡绅，名字叫什么记不清了。他娶了自己的仆人为妻，这女人曾被带到博尔顿做客——那次来访简直是糟糕透顶了。那女人的穿衣打扮很荒唐，有点过头，"像一只凤头鹦鹉。"克拉丽莎说，同时还学她的样子，可她自始至终没有停止说话。说呀，说呀，说呀，说呀，克拉丽莎学着她的样子。不知是谁说了一句——那是萨莉·西顿——知道她结婚之前就有过一个孩子也对双方的感情没有一点影响吗？（在那个年代，在场的人有男有女，说这话是很冒失的。）现在他可以想到克拉丽莎的样子，脸通红通红的，五官皱在一起，说："再也不能和她说话了！"这时,围坐在茶桌周围的人似乎都举棋不定，太让人不舒服了。

他并没有因为她介意这件事而责怪她，因为在那个年代，像她这样长大的孩子什么都不懂，是她的行为举止惹恼了他，羞涩、顽固、自大、缺乏想象、过分拘谨。"死去的灵魂。"当时他出于本能就说了这句话，像往常一样把那一时刻说成是——她那死去的灵魂。

她说这话的时候，每个人都看起来很同意她说完，大家却变了脸色。他还能想到萨莉·西顿的样子，像个调皮的孩子，身子前倾，脸发烧，想说话又不敢，克拉丽莎也确实能唬人。（她是克拉丽莎最要好的朋友，常常在这一带活动，与克拉丽莎不同的是，她是一个可人的小姑娘，身材健美，皮肤黝黑，在那个年代有敢说敢做的名声。他还常给她雪茄抽，不过也就是在她自己的卧室里抽一下。她不知是和人订过婚，还是和家人吵过架，总之，老帕里认为彼得和萨莉都不是好人,这反倒拉近了二人的关系。)然而,克拉丽莎仍然带着被他们冒犯的神情,站起身来,找个借口一个人走了。她一开门,那只追赶羊群的大长毛狗闯了进来,她心里一阵狂喜,一个箭步冲上前去。就好像在对彼得说话——他知道全是冲他来的——"关于刚才那个女人,我知道你认为我很荒唐。可是,现在看看我多有同情心,看看我是多么爱我的罗布①。"

克拉丽莎和彼得之间一向都有一种特殊的默契,不用语言就可以交流。她知道他在批评他,然后她会故作姿态,为自己辩解,比如这次与狗的小题大做——但是这永远也骗不了他,克拉丽莎的心思他一看就懂。当然,他一句话也不说,干坐在那里闷闷不乐,吵架就是这样开始的。

她要是关上门,他立马就会变得极其消沉。一切似乎都无济于事——不断地恋爱,不断地吵架,不断地和好,于是他独自去外边溜达,也不走远,去马棚看看马。(这个地方十分简陋,虽说帕里一家一直也没怎么富裕过,但

---

① 罗布是克拉丽莎的狗。

也没缺过仆人和马童——克拉丽莎酷爱骑马——还有一个老马车夫——叫什么名字来着？——一个老保姆,老穆迪,老古迪,反正喊的就是这样一些名字,来客常被带去一间小屋参观,她就在那里,那屋里有许多照片和许多鸟笼。)

那是一个可怕的夜晚！他的情绪一阵比一阵低落,不仅仅是因为那一件事,而是事事都不顺心。他见不着她,不能向她解释,不能出这口恶气。周围一直有很多人——她还和以前一样,好像什么事情也没有发生过。那也是她最恶毒的一面——那样的冷漠、呆板、深沉。今天上午和他说话时又让他领教了一回,真让人摸不着头脑。可是,天知道,他是爱她的。她有种特殊的能力,可以拨弄一个人的神经,就像是在弹拨琴弦,一点没错。

有一次,彼得吃晚饭去迟了,很迟,原因出自一个馊主意——想引起大家的关注。他挨着帕里女士蹲下——海伦娜姑妈——帕里先生的姐姐,她应该是祷告的主持。她坐在那儿,身披一件白色的克什米尔披巾,头靠着窗户——一个令人生畏的老太太,可是对彼得却很友善,因为他曾经帮她找到一种罕见的花,而她恰恰又是一位伟大的植物学家,经常穿着笨重的靴子,背着黑色的采集箱上路采集植物。他在她身旁坐下,就是不能说话。一切都好像在他眼前飞速而过,而他只是坐在那里吃饭。然而,刚吃到一半的时候,他第一次专门去看坐在对面的克拉丽莎。她正和坐在她右侧的小伙子说话,突然他明白了什么。"她要嫁给那人。"他自言自语。他甚至连那人的名字都不知道。

当然是因为在那天下午,就那天下午,那个叫达洛维的才赶过来。克拉丽莎管他叫"威克姆",一切就从此开始了。他是有人领过来的,他的名字克拉丽莎听错了,她向大家介绍说他叫威克姆,最后还是他自己说:"我叫达洛维!"——那是他对理查德的第一印象——一位相当年轻的小伙子,有点紧张,坐在帆布折叠躺椅上脱口而出:"我叫达洛维!"萨莉抓住了话柄,以后总管他叫"我叫达洛维!"

那段时间,彼得常为各种新发现而苦恼。这一次——她要嫁给达洛维——他被蒙蔽了双眼——一时间感到无能为力。有一种——他该怎么形容呢?——在她对待达洛维的时候,有一种轻松,一种母性,还有一点温柔在里边。

他们在谈论政治,整个晚饭的过程中他都努力在听,听他们在说些什么。

后来有一次,彼得记得他站在老帕里小姐的椅子旁,就在客厅里。克拉丽莎走上前来,彬彬有礼,俨然是个真正的女主人,想要把彼得介绍给一个人——说话的语气好像他俩以前根本就没见过面,这一次可把彼得激怒了。即便是那样,他还是对她钦佩有加。他钦佩她的勇气,她的社交天赋,钦佩她做事做到底的能力。"不愧为女主人。"他对她说。闻听此言,她浑身直起鸡皮疙瘩。但是这就是他想要的效果,只要看见她和达洛维在一起,他就想方设法伤害她。于是她就躲着彼得,让他觉得她和达洛维在一起就是要密谋反对他——有说有笑——背着他。他就站在帕里小姐的椅子旁,活像一尊木雕,他在说一些关于野花的事。他从来没有,还从来没有经历过这地狱般的痛苦!他一定是忘了自己假装在听,清醒过来,他看见帕里小姐看上去有几分焦虑,几分愤怒,凸出的眼球一动不动。他几乎叫出声来,说他不能集中注意力,因为他在地狱!人们开始走出屋子,他听见人们在说取斗篷的事,说水上很冷,等等。他们这是要趁着夜色去湖上划船——这是萨莉的馊主意。他可以听见她在描述月亮,他们都出去了,只剩下他一个。

"难道你不想和他们一起去吗?"海伦娜姑妈说——老帕里小姐!——他的心思被她猜透了。彼得转了一圈,再次看见了克拉丽莎。她是回来叫他的,彼得被她的宽宏大量和美德感动了。

"来吧,"她说,"大家都在等着呢。"他从来没有感觉如此幸福过!他们一句话也没说就和好了。于是他们向湖边走去。有二十分钟的时间,他完全沉浸在幸福之中。她的说话声、她的笑声、她的连衣裙(轻飘飘地,白色,深红色)、她的心态、她的冒险精神,她提议大家都下船去岛上看个究竟。她惊动了一只母鸡,笑啊!唱啊!一路上,彼得十分清楚,达洛维爱上她了,她也爱上达洛维了,但这似乎并不重要,一切都无所谓。他们坐在地上谈心——就他和克拉丽莎。他们不费吹灰之力就可随便进出对方的心田,可是时间不长就结束了。就在大家上船的时候,彼得对自己说:"她要嫁给那人了。"平平淡淡的,没有丝毫怨恨，这不就是明摆着的事吗，达洛维要娶克拉丽莎。

达洛维划船把他们送回来，他一句话也没说。可是不知怎么的，在他们目送他启程的时候，在他跳上他的自行车准备穿过树林骑行二十英里的时候，在他摇摇晃晃沿着大路骑行的时候，在他挥手远去的时候，他明显地、本能地、充分地、强烈地感受到了一切。那晚，那段浪漫，还有克拉丽莎。他理应得到她。

对彼得自己来说，他是荒唐的，他对克拉丽莎的要求是荒唐的（这一点他现在能看出来），总是问一些不可能的事情，有时还大吵大闹。要是他能少一点荒唐，也许她还能接纳他。萨莉也这么认为，那年夏天萨莉给他写过几封长信，说他们是如何评价他的，克拉丽莎是如何表扬他的，是如何哭成个泪人的！那是一个非同寻常的夏天——所有的信件、所有的吵闹、所有的电报——都在凌晨抵达博尔顿，一直等到仆人们起床；单独与老帕里先生共进早餐的可怕场面；海伦娜姑妈虽然令人生畏但心地善良；萨莉吆喝他到菜园谈话；克拉丽莎头疼，躺在床上。

最后一次争吵，发生在酷热的下午三点，那次激烈的争吵在他看来比一生中任何事情都重要（也许有点夸张——但现在看来还是很重要）。争吵是由一件小事引起的——萨莉在吃午饭时不知说什么来着，还称呼达洛维为"我叫达洛维"。听闻此言，克拉丽莎突然强硬起来，脸唰地红了（这是她的特点），然后厉声说："这种蹩脚的玩笑开够了。"就这么一句话，但对彼得来说，这无异于在说："我只不过是逗你玩玩，我和理查德·达洛维才是认真的。"于是他就往心里去了，好几夜都没有睡着。"无论如何，一切都完了。"他自言自语道。他托萨莉给她捎去一张纸条，求她三点钟在喷泉旁见面。"有很重要的事情发生了。"他在纸条的末尾这样草草写道。

喷泉位于一片小灌木林的中央，离房子较远，周围全是树。她如约而至，甚至还提前了一点，两人围着喷泉站着，喷头不住地滴水（喷头坏了），眼前的景象在他们心中留下了多么深刻的印象啊！比如，那翠绿的苔藓。

她一动不动。"告诉我真相，告诉我真相……"他不住地催促，前额都快要迸裂了。她似乎缩小了，变成了一尊化石，站在那一动不动。"告诉我真相。"他不停地重复道。就在这时,那个老人布赖特科普夫的头突然伸了进来,手里还拿着一份《泰晤士报》。这老头盯着他们看,目瞪口呆,随后离开了。他们两个都没动。"告诉我真相。"他又说了一遍。他感觉自己就像在研磨什么质地坚硬的东西,而她却寸步不让。她像铁,又像打火石,坚硬无比。直到后来她才说:"没用了,没用了,就这样结束吧。"——他追问了似乎几小时了,终于忍不住流下了泪水——就好像她给了他一记耳光。她转身,离开他,扬长而去。

"克拉丽莎!"彼得大喊,"克拉丽莎!"但是她头也没回。一切都完了,那天晚上他就走了,再也没有见她。

太糟糕了,他大喊,太糟糕了,太糟糕了!

太阳照样还是那么热,人照样在困难中前行,生活照样日复一日在继续。他呀,依然在想,哈欠连连,开始关注了——摄政公园变化很小,除了那几只松鼠,跟儿时的公园差别不大——不过应该有些补偿——只见小埃莉斯·米切尔把一把石子突然放在那保姆的腿上(小米切尔和她哥哥一道收集鹅卵石,他们每天把捡回来的鹅卵石放在保育室的壁炉台上),转身想跑,却因用力过猛又不幸撞在了一个女人的腿上。彼得·沃尔什见状哈哈大笑起来。

只见卢克雷齐娅·沃伦·史密斯自言自语道：真倒霉，为什么就该我倒霉呢？她一面沿着宽阔的道路前行，一面问自己。不，我不能再忍气吞声了，说着就离开了塞普蒂默斯。塞普蒂默斯也不再是那个塞普蒂默斯了，他坐在那儿，总是说一些无情、残忍、倒霉的话，总是自言自语，总是跟一个死人说话。这时那个小女孩全速奔跑撞到了她，摔倒在地，大哭起来。

这件事多少有些安慰作用，她把那小女孩扶起来，掸掉衣服上的土，亲了她一口。

但是对她本人来说，她没有一点错，她爱过塞普蒂默斯。她也一直很幸福，曾经有一个漂亮的家，她的姐妹们一直都住在那儿，编织帽子。为什么就该她倒霉呢？

那小女孩径直跑回保姆身边，雷齐娅看到那保姆先是责备，后又安慰，继而又放下手中的毛线活儿将小女孩抱起。一个慈眉善目的男人将自己的手表递给小女孩玩，为的是安慰她——为什么她就没人保护呢？为什么不留在米兰呢？为什么受此折磨呢？为什么？

眼泪、宽阔的道路、保姆、灰衣男、童车、玫瑰，还有眼前那一咬，卢克雷齐娅被眼前这一切稍稍打动了。这个恶毒的虐待狂频频给她找麻烦，这就是她的命运。这究竟是为什么？她就像一只小鸟一样，寄居在树叶之间狭小的空间内，树叶摇动时太阳晃得她直眨眼睛，干枯的树枝断裂时她又惊恐万分。她得不到任何保护，周围有的是大片的树木与乌云，有的是冷漠的世界，她得不到任何保护，受尽折磨。为什么就该她受罪？为什么？

她皱了皱眉头，跺了跺脚。现在必须回到塞普蒂默斯身边，因为他们该去找威廉·布拉德肖爵士了。她必须回去告诉他，回到他身边去，此时他还坐在那树下的绿椅子上自言自语，或者是和死人埃文斯说话，这个人她只在商店里匆匆见过一面。他看起来是一个善良安静的人，是塞普蒂默斯的挚友，在战争中阵亡了。可是，这种事情不光他能遇上，大家都有朋友在战争中牺牲，大家都因为结婚而放弃一些东西。她就放弃了自己的家，来到这个倒霉的城市。可塞普蒂默斯放任自己，想一些可怕的事情，这一点只要她愿意也能做到。他的脾气越来越怪，说人们在他卧室的墙后面说话,菲尔默夫人认为这实在是有些离谱。他不光听见,还看见一些东西——他曾看见一颗老太太的头在蕨草中间。然而,只要他愿意,他就可以快乐,他们搭乘公共汽车去汉普顿宫,那一次他可高兴坏了。草丛里开满了小红花、小黄花,他说是像飘浮在空中的灯,它们谈正事,拉家常,有说有笑,还编了许多故事。突然,他说:"我们这是在自杀。"当时他们正站在河边,他望着河水,那眼神她曾经见过,就在火车或公共汽车经过的时候——那眼神好像什么东西迷住了他,她觉得他要离开她,于是一把拉住他的胳膊。但是回了家,他又表现得十分安静——十分理智。他与她辩论关于他们自杀的事,还给她解释人是多么的邪恶,给她解释他是如何在街上看见人们编造谎言的。他们的心思他全明白,他说他无所不知。他说他知道人生在世的全部意义。

　　后来他们回到家时,他几乎不会走了,躺在沙发上,大喊着要她抓住他的手,别让他跌进火堆里。他看见四面墙上一张张面孔在嘲笑他,在骂他,骂得很难听,他还看见屏风周围一只只手对他指指点点。其实,屋子里就他们两口子,但他又开始大声讲了,回答别人的问题,和别人争论,大笑,大哭,兴奋不已,还要她记下来。简直是胡言乱语,有关于死的,有关于伊莎贝尔·波尔小姐的。她再也无法忍受了,她要回去。

现在她离他很近,可以看见他仰望天空,喃喃自语,还不时拍拍手。可是霍姆斯大夫说他没什么大问题,那究竟是怎么一回事——他为什么要离开呢?那么,为什么她一坐到他跟前,他就大吃一惊,对她皱眉头,躲开她,指着她的手,还把她的手拉过去惊恐地看呢?

是因为她摘掉了结婚戒指吗?"我的手太瘦了,"雷齐娅说,"我把它放进钱包里了。"

他放下她的手,他们的婚姻结束了,他痛苦地想着,但又感到轻松。绳索割断了,可以上马启程了。他自由了,因为上帝有令,说他,塞普蒂默斯,人类的君主,就应该自由。独自一人(因为妻子已经扔掉了她的结婚戒指,已经离开了他),他,塞普蒂默斯,独自一人,先于大众被召回去聆听真理(这些真理都是人类文明历经艰辛得来的成果——有希腊人、罗马人、莎士比亚、达尔文、直到现在的他自己——将要完整地交给……"交给谁呢？"他大声问道。"交给首相吧！"头顶上有人窸窸窣窣道。最高机密一定得告诉内阁，首先树都活着，其次没有罪行，再次是爱，普天之下的大爱，他喃喃自语，喘着粗气，瑟瑟发抖，费了好大劲才把这惊天真相说出来，于它们是如此深奥难懂，的确需要极大的努力才能说出来，但是世界被它们彻底改变了，永远地改变了。

没有罪行，爱，他反复在说，同时手在摸索着找寻他的卡片和铅笔，这时一只斯凯猎犬正在嗅他的裤子，惊出了他一身冷汗。那狗正在变成人，不能眼睁睁着这种事情发生，这种事情太恐怖了，太可怕了！那条狗立刻跑开了。

老天神圣仁慈，赦免了他，原谅了他的弱点。但是，什么是科学的解释（因为人首先得讲科学）？当狗要变成人时，他为什么能够看穿人体、看透未来？大概是热浪的缘故吧，热浪作用于大脑，让进化了千万年的大脑极其敏感。科学地讲，肉体会从世间消失，只有神经纤维会保留下来，就像面纱展开铺在岩石上。

塞普蒂默斯仰面躺在椅子上，虽然很累但还是硬挺着。

他躺在那儿休息,等待着再一次向人类做出解释,拼上老命、忍受着痛苦向人类做出解释。他躺在高空,云端之上,下面的大地因为他而震颤。他的肉体上生长出一些红花,硬挺的花叶在他耳畔沙沙作响。岩石碰撞在一起,发出叮当的乐声,那是下边街道上的汽车喇叭在鸣笛,他喃喃自语道。但是传到这儿就是对岩石的猛烈撞击,每块岩石都要撞击,最后汇集到一块儿,就好像是光滑的圆柱上产生的一些强音震动(音乐是可见的,这是一个大发现),演变成一首圣歌,一首与牧笛声交织在一起的圣歌(那牧笛其实是一个老头儿在酒馆附近演奏的六孔小笛,他喃喃自语道)。那牧童静静地站着,笛声从他的笛子里冒出来。然后,随着塞普蒂默斯不断升高,汽车在下面驶过,这笛声又成了优美的诉苦。这个牧童的悲歌是在车流当中演奏的,塞普蒂默斯心想。现在他躲进雪堆里,周围吊着些玫瑰花——他提醒自己说,那浓密的红玫瑰就是生长在我卧室墙上的那些玫瑰。那乐声停止了,他得到了一个便士,按理来说应该是这样的,然后又向下一家酒馆走去。

但是他自己仍然停留在他那块岩石上,高高在上,像一个溺水的海员。我只是爬到船舷边看了看,就掉了下去,塞普蒂默斯心想。我沉到了海底,曾经死过,现在又活过来了,可是让我安静地休息一会儿吧,他乞求道(又在自言自语——太可怕了,太可怕了!)。正如一个熟睡的人将醒之际,鸟儿啾啾、车轮轧轧交汇成一种古怪而又和谐的声音,这声音越来越大,熟睡的人觉得自己越来越接近生活的彼岸,赛普蒂默斯也觉得自己正在靠近生活,阳光也越来越热,喊声越来越大,重大的事情即将发生。

他只得睁开双眼,但是发觉眼皮很沉,那是恐惧在作祟。他一下子紧张了起来,推啊,看啊,看见了摄政公园就在眼前。阳光像长长的彩带在他脚下示好,树木在得意地挥手。这个世界好像在说,我们欢迎,我们接纳,我们创造。世界好像在说美。似乎为了证明(科学地证明)无论他站在哪儿看房子,看围栏,看探出头来的羚羊,美都会立刻跳出来。看树叶在气流中颤动是一件无比快乐的事。天空中,燕子时而低飞,时而急转,时进时出,一圈又一圈,拿捏得很准,就像橡皮筋拴着它们。苍蝇起起落落也是如此。阳光一会儿照亮这片叶子,一会儿又照亮那片叶子,像是在开玩笑,心情愉快地把叶子照得金光闪闪。一遍又一遍,不知是何方钟声(可能是汽车的喇叭声吧),在草梗上叮叮当当,如神曲一般——所有这一切像往常一样宁静而合乎情理,像往常一样都是些普通的东西,拿到此刻看就是真理。美,就是此刻的真理。美无处不在。

"时间到了。"雷齐娅说。

"时间"这个词撕开它的外衣,将它的财富倾倒在塞普蒂默斯身上。于是有许多词语,难懂的、无恶意的、不朽的,还没容他多想就从他的嘴唇上落下来,像壳儿,像刨花,自找地方对号入座,组成一首时间的赞歌,一首永恒的时间赞歌。他唱了起来,埃文斯在树后面和。死者都在色萨利,藏在幽兰花丛里,埃文斯唱道。他们在那儿等待着战争的结束。一会儿唱那些死者,一会儿又唱埃文斯自己——

"看在上帝的份上,别过来!"塞普蒂默斯大声喊,因为他无法直视那些死者。

但是,树枝被分开了,一个灰衣人真的朝他们走来了,是埃文斯!身上没有泥土,也没有伤痕,而且一点儿都没变。我必须向世界宣告,塞普蒂默斯大声喊道,举起一只手(因为穿灰衣服的死者越来越近了），他举起一只手，像一个巨人，这巨人多年来独自一人在沙漠里哀叹人类的命运，双手捂着前额，双颊布满绝望的皱纹，而今他在沙漠的边缘看见了光明，在光明的照射下那个铁青色的人变得宽大清晰了许多（塞普蒂默斯从椅子上半坐起来），引来无数男人拜倒在他身后，从他的表情来看，这位哀伤的巨人霎时就接受了一切——

"但是，我怎么也高兴不起来，塞普蒂默斯。"雷齐娅说着试图让他坐下。

数以万计的人在哀悼，因为他们已经悲伤多年。他要转过身去，他要用一点时间，仅仅一点时间，跟他们讲述这轻松的感觉，这高兴的感觉，还有这惊人的发现……

"时间，塞普蒂默斯，"雷齐娅重复道，"你看现在几点啦？"

塞普蒂默斯正说得起劲，突然大吃一惊，这人一定注意到他了，因为有人一直看着他们。

"时间，我会告诉你的。"塞普蒂默斯昏昏欲睡，语速很慢，脸上带着神秘的微笑。就在他坐在那里对灰衣死人笑的那一刻，时钟响了——十二点差一刻。

彼得·沃尔什经过他们身边时心里想，这就是所谓的年轻人，吵吵闹闹——那可怜的姑娘看上去是彻底绝望了——大上午的，吵什么吵，彼得心里有点纳闷，那个穿大衣的小伙子究竟对那姑娘说了些什么，惹得她有那种表情。他们陷入了何种可怕的困境，致使两人有如此绝望的表情？而且还是在天气这么好的一个夏日的上午。离开英国五年后又回来，各种有趣的事情如约而至。不管怎么说，回国头几天，看什么事都能提起兴趣，好像从来没见过一样。情侣在树下争吵，把家庭生活搬到公园里。他还从来没有见过伦敦如此迷人的一面——各种差距得到缓和，人们普遍都富裕了，城市绿化也好多了，文明程度也提高了，特别是在印度生活了这几年之后。彼得一边漫步在草地上，一边这么想着。

无疑，感性是他干不成事的罪魁祸首。他一把年纪了，还像一个孩子一样情绪变化无常。心情时好时坏，也没有什么原因，见到脸蛋漂亮的就高兴，看见衣着不时髦的就扫兴。从印度回来以后，这里的女人你会见一个爱一个，她们身上洋溢着一股青春的气息,就连打扮最差的也比五年前好。在他眼里,衣服的款式从来没有如此合适过,那长长的黑色斗篷、那苗条的身材、那优雅的风度,还有那赏心悦目的普及的化妆习惯。每一个女人,就连最受尊重的,也都像玻璃罩里盛开的玫瑰,嘴唇就像用小刀精雕细刻过一样,连卷发用的都是印度染发剂。处处体现着设计,处处体现着艺术。毫无疑问,还是发生了一些变化。年轻人会怎么想呢?彼得·沃尔什问自己。

那五年(1918—1923年)怎么也算是很重要的五年,人们的模样变了,报纸似乎也变了。例如,有一个人在一家很有威望的周刊上公开发表了一篇文章,写的是关于厕所的问题,这在十年前是想都不敢想的事。还有,在大庭广众之下就拿出口红或粉饼化妆。在他回来时坐的那条船上,有许多少男少女——贝蒂和伯蒂,是他印象最深的——公开亲热,身边有个妈妈辈的女人边织毛衣边看着他们,无动于衷。那女的静静地站着,还不时当着众人的面往鼻子上扑粉。他们还没有订婚,只不过是一起玩玩,对谁也不会造成感情上的伤害。贝蒂,还是叫什么的,争强好斗,性格火暴，但是个好姑娘。到三十岁的时候，她完全可以做一个好妻子——待到时机成熟，她会嫁给一个有钱人，住在曼彻斯特附近一套很大的房子里。

到目前为止有谁这样做了？彼得·沃尔什问自己，想着想着就走到了布罗德大道——嫁给一个有钱人，住在曼彻斯特，房子还很大？有人最近给他写过一封感情洋溢的长信，信中提到了"蓝色的绣球花"。她是看到蓝色的绣球花才想起他的，才想起过去的岁月的——不是别人，正是萨莉·西顿——她是世界上最想嫁个有钱人，最想住在曼彻斯特附近一套大房子里的人，任性的、大胆的、浪漫的萨莉！

但是在所有的旧相识中，即克拉丽莎的好友当中——惠特布雷德夫妇、金德斯利夫妇、坎宁安夫妇、金洛克·琼斯夫妇——萨莉可能是最好的人了。不管怎么说，她总想用正确的方法对待事情。那个休·惠特布雷德，她是看透了——就那个可亲可敬的休——当时克拉丽莎等人对他佩服得五体投地。

"惠特布雷德夫妇？"彼得听她提起过，"惠特布雷德夫妇是什么人?煤炭商人,受人尊重的买卖人。"

休令她讨厌是有原因的,他除了自己的外表什么都不考虑。他本应是一个公爵,必定会娶一个王室公主。当然啦,在所有他见过的人当中,还数英国贵族最值得他尊敬,他给予他们最非凡的、最自然的、最崇高的敬意。就连克拉丽莎都不得不承认是这么回事。可他又是那么可爱的一个人,那么无私,为讨母亲欢心而放弃打猎——还记得姨妈的生日,等等。

公道点说,萨莉看穿了这一切。有一件事让她记忆最深刻,那就是在一个星期日的上午在博尔顿他们关于女权的争论(老掉牙的话题),当时萨莉突然大发雷霆,火冒三丈,说休是英国中产阶级中最恶心的那部分的代表。她对休说,她认为他应该为"皮卡迪利广场上那些可怜的女孩子"的生活状况负责——休,不折不扣的绅士,可怜的休!——还从来没有一个人的样子比他还可怕!后来她说那是故意的(因为他们过去常常聚在菜园交换意见)。"他什么也没读过,什么也没想过,什么也没感受过。"她用非常强调的语气说,还以为他听不见,可结果是他听见了。

她说休的活力连那些马夫都不如,说他是私立学校培养出来的学生,除了英国没有哪个国家能培养出他这样的人才。不知什么原因,她真的是怀恨在心,对他心生怨恨。曾经在吸烟室发生过一件事,具体是哪件,他记不清了。是他侮辱她了——亲吻她了?真是令人难以置信!当然针对休的坏话,没有一个人会相信的,有谁会信呢?在吸烟室亲吻萨莉!如果要是尊贵的伊迪斯或瓦奥莱特,那还有这个可能。可现在是衣衫褴褛的萨莉,名下没有一分钱,不知是父亲还是母亲还在蒙特卡洛赌钱。根本没有可能。因为在所有他见过的人当中,休是最势利、最爱巴结人的人,从来不会觉得难为情。他自以为是,绝不会认为这样做有问题。说他是一流的贴身男仆一点都不为过——跟在别人后面提皮箱,发发电报还是能信得过的——女主人们不可或缺的主儿。可是他有自己的工作——娶了他敬爱的伊夫琳为妻。他在宫中谋得一个小差事,打理国王的酒窖,擦亮王室的鞋扣,穿着过膝短裤和金边衬衫四处奔走。何时是个头啊!宫中的小差事!

他娶了这个女人,他敬爱的伊夫琳,婚后他们就住在这一带，彼得是这样想的（看着这些下临公园的房子）。因为他曾经在那里的一栋房子里吃过午饭，那房子里有的东西是其他房子不可能拥有的（估计是些放亚麻制品的柜子），像是休的全部家当。你一定要去看看——要想品鉴这些东西，你一定要花大量的时间——有亚麻柜、枕头套、旧橡木家具、字画，都是休廉价淘到的宝贝。可是休太太时不时地会露出马脚，她是那种默默无闻、胆小如鼠的小女人，就爱那种身材高大的男人。她几乎被人遗忘，然而突然也会冒出一两句让人意想不到的话（非常尖刻的话）。也许，她有点大家风范的遗风。锅炉用煤味太浓，她有点闻不惯。这就是他们的居住条件，亚麻柜、旧家具，还有带蕾丝花边的枕头套，年收入大概是五千到一万英镑。再看看他自己（彼得），比休还大两岁，依然在看谁能给他找份工作。

　　五十三岁的人了，还得来求他们，看他们能否安排他进秘书办公室，或帮他找个助教的职位教小孩子们学拉丁文，或是替什么高级官员跑跑腿，总之一年收入五百英镑就行。因为如果他娶了黛西，单靠他的养老金是无法维持生活的。兴许惠特布雷德可以帮上这个忙,或许达洛维也可以。他倒不介意求达洛维帮忙办事。达洛维是个十足好人,就是能力有限,脑子也不大灵活,但确实是一个好人。什么事情,只要他应承下来了,他就会不折不扣地去完成,不主观臆断,不耍心眼,完成得漂漂亮亮。他本来应该是一个乡绅,硬是让政治给耽误了。他最大的长处不是在家里,而是在外边,跟马和狗打交道。例如,有一次,克拉丽莎那条大长毛狗掉入陷阱,爪子骨折只连着皮,克拉丽莎急得没招了,达洛维把事情全部揽了过来,又是缠绷带,又是上夹板,还劝克拉丽莎别做傻事。多好的一个人啊!也许那就是她喜欢他的原因,也正是她所需要的。"嘿,亲爱的,可别做傻事。抓住这个——去取那个。"——不停地和狗说话,好像它就是一个人。

可是,她怎么能忍受他对诗歌的评价,怎么能放任他对莎士比亚大放厥词呢?理查德·达洛维认真而又严肃地坚定了自己的立场,正经男人就不应该去阅读莎士比亚的十四行诗,因为它就像通过钥匙孔去偷听(再说,诗里描写的那种关系也是他不赞同的)。正经男人就不应该让自己的妻子去拜访已故妻子的姐妹们，实在难以置信！克拉丽莎唯一能做的就是向达洛维身上扔糖杏仁——这也仅限于晚饭时。但是克拉丽莎把这些都听进去了，还认为他既诚实又见解独到。她是否认为达洛维是她见过的最有创新意识的人，天知道！

那就是把萨莉和彼得紧密联系在一起的纽带之一。有这样一个花园，他们从前常去那儿散步，这个花园四周都有围墙，内有矮小的玫瑰花和巨大的花椰菜——他记得萨莉折了一枝玫瑰花，在花椰菜旁停下来，大赞花椰菜的叶子在月光下有多美（特别奇怪，这一切都栩栩如生地浮现在他的脑海中，这是他好多年都没想过的事了）。与此同时，她请求他把克拉丽莎带走（当然是半开玩笑），把她从休和达洛维等其他"扼杀她灵魂的完美绅士"手中解救出来（那段时间萨莉写了许多诗歌），她不想做一个单纯的女主人，不想沾染上小市民习气。但是，你必须公正地对待克拉丽莎，她是无论如何也不会嫁给休的，她想要什么她心里非常清楚，她的情感全部是外露的。然而，在内心深处她是非常精明的。例如，在判断一个人的性格这方面她远胜萨莉。

而这一切完全出于女性直觉。有此非凡的天分,女性的天分,无论走到哪里都能打出自己的一片天地。她走进一个房间,站在门口一动不动,周围还有许多人,但你记住的还是克拉丽莎,并不是因为她长得有多漂亮,在她身上没有任何别致之处,她也没有说过任何特别聪明的话,可就是这样,她还是十分抢眼,十分抢眼。

不!不!不!他已不爱克拉丽莎了!他只是觉得,自从那天上午看到她为宴会做准备之后,他就抑制不住对她的思念。她总是回到他的记忆里,就好像在火车上总能感受到枕木的颠簸。当然不是爱的缘故,只是想她,批评她,三十年了,还想重新给她解释一番。她这个人市侩气十足,对地位、上流社会非常关注(从某种意义上说的确是事实,她已经向他承认了这一点。如果你费点周折总能让她认账的,她还算诚实)。她会说,她痛恨那些衣着过时、因循守旧、一事无成的人,大概就是他这种类型的人。她认为人们没有权利把手插在裤兜里无所事事,一定要做点事情,做成点事情。在她家客厅里你所见到的那些大腕儿、公爵夫人、老气横秋的伯爵夫人,不用说在他看来微不足道,远非什么重要人物,而在她看来就是货真价实的大人物。她有一次曾说过贝克思伯纳福夫人的腰杆还挺得直直的(克拉丽莎本人也是如此,站有站相,坐有坐相,从不东倒西歪。她笔直笔直的,其实有一点僵。)她说她们勇气可嘉,越活越让她觉得佩服。当然所有这一切,达洛维先生是功不可没的。他的公益精神、大英帝国、税制改革、统治阶级思想都对她影响很大,事情往往就是这样。虽然她的天赋远远胜过达洛维,可她还得通过他的眼睛看世界——婚后生活的一大悲剧。虽然她有自己的思想,但她还得引用理查德的话——人们好像读了《晨邮报》,还不能精确地把握理查德的思想精髓。例如,这些宴会都是为了理查德而举办的,换句话说,是为了她想象中的理查德举办的(公道说,理查德要是在诺福克种地,会更快活一些)。在某种程度上,她把自家的客厅变成了会议室,在这方面她的确是个天才。他看着她一次又一次地教导那些青涩的年轻人,规劝、引导、唤醒他们,让他们行动起来。当然了,她的周围聚集了无数呆头呆脑的人,但不时也有怪才出现,有时是艺术家,有时是作家,与那里的气氛极不协调。总之，在所有这一切的背后是一张纵横交织的网，互相拜访、互留名片、善待众人，捧着鲜花、带着礼品东奔西跑，某某要去法国必须送个气垫，的确让她耗费精力。女人就是这样没完没了地社交，但是她在真心实意地做，天性使然。

说来也怪，克拉丽莎是彼得见过的最彻底的宗教怀疑论者之一。这是彼得瞎编出来的一套理论，专门用于解释她的行为，在某些方面它浅显易懂，在另一些方面它又晦涩难懂。很可能她会对自己说："我们是一个注定要灭亡的民族，已经和下沉的船拴在了一起。"孩童时期，她最爱读赫胥黎和廷德尔的著作，就喜爱这些航海的比喻。由于整个事件就是一个拙劣的玩笑，所以无论如何我们都要做好自己的分内之事，以减轻狱友的苦难（又是赫胥黎的比喻）。用鲜花与气垫装扮囚室，尽量让他们活得体面一些。那些暴徒、那些神明不应该为所欲为——因为她一直认为神不会错过任何机会去伤害、妨碍、糟蹋人的生命，但只要表现成端庄淑女，他们就会对你无计可施。这是她从西尔维娅之死得出的结论——那是件可怕的事。克拉丽莎常说，眼睁睁看着自己的妹妹被一棵倒下的树压死（全是贾斯汀·帕里的错——全怪他不小心），足以使人充满仇恨。西尔维亚是姐妹中最有天赋的一个。打那以后，她就不是那么积极乐观了。她认为根本没有什么神，也不应该怪谁。她那多做善事的无神论思想就是这样一步一步形成的。

当然了，她非常热爱生活，这是她的天性使然（但她还是有所保留，这事只有老天才晓得。彼得常常觉得，就连他，这么多年了，对克拉丽莎的理解也只是皮毛）。不管怎么说，她的内心没有怨恨，好女人身上那些道德品行，没有一项是令人生厌的。实际上，她热爱一切，如果你和她一起在海德公园散步，一会儿去看花坛里的郁金香，一会儿去逗童车里的小孩，一会儿又即兴编一段小故事，她都能从中得到乐趣。（如果她看见那些恋人们不太高兴，她很可能还会与他们交谈。）她喜剧感极强，但需要有人配合，人多才能激发出来。这样就会不可避免地造成时间上的浪费，午宴、晚宴，无休止的宴会需要她组织，说许多没用的话、违心的话，思维能力减弱，辨别是非的能力丧失。她常常坐在桌首，煞费苦心地与那些老家伙斗，兴许对达洛维还有点用，因为他们知道全欧洲哪些人最臭名昭著。要不是伊丽莎白进来，一切事都得为她让路。上次他去的时候，伊丽莎白还是一个高中生，眼睛圆圆的，脸色发白，沉默寡言，不易激动，一点都不像她母亲。她对一切都习以为常，任由她母亲对她大发一通牢骚，然后说："我可以走了吗？"就像一个三四岁的小孩。等伊丽莎白走了之后，克拉丽莎向大家解释道，伊丽莎白去打曲棍球了。语气中流露出开心与得意，好像是达洛维本人激发出来的。现在的伊丽莎白大概进入社交圈了，认为他是个守旧之人，嘲笑她母亲的朋友们。哦，没关系，随它去吧。彼得·沃尔什手里拿着帽子走出摄政公园的大门时想，年老的补偿就是：热情还像以前一样强烈。但他获得了——终于获得了——给生活增加情趣的力量，在生活中获得经验的力量，积累经验并在生活中利用经验的力量。

　　有些话，说出来又不太好（他又把帽子戴上），但是还得说，五十三岁的人了，几乎不再需要别人了。生活本身，每一刻、每一滴、此地、每一瞬间、现在、太阳底下、摄政公园内，足够了。人生的内容确实太丰富了，人的一生何其短暂，怎能遍尝各种滋味，即便是现在有能力了，怎能提取出其中每一点儿快乐，每一层意义。这快乐和意义要比过去来得实在得多，个人色彩要少得多。从今往后，他彼得·沃尔什再受苦受难，也是不可能的事了，不会像克拉丽莎那样让他受苦受难了。有段时间，他一连好几个小时，甚至好几天都没想念过黛西（上帝保佑说这些话的时候没有人偷听！）。

他是不是因为想起往日那些惨状、所受的折磨、非比寻常的激情，才爱上了黛西。这完全是另一码事——比上一次快乐得多——实情当然是黛西也爱他。很可能就是因为这一原因，一听说轮船真的要走，他的心里无比轻松，不想别的事，只想独处。发现他客舱里有雪茄、便笺和旅行毯又很生气，嫌她的关心太过细致。任何诚实的人都会说：人过了五十就不需要别人了，就不会再夸女人漂亮了。大多数五十岁的男人，只要他们诚实，都会这么说，彼得·沃尔什心里这么想。

然而今天早晨那一场痛哭流涕，那一通令人惊讶的情感宣泄，究竟是为了什么？克拉丽莎究竟会怎么看他？估计是拿他当傻子看，这也不是头一回了。说到底还是嫉妒，嫉妒的生命力要比其他任何激情的生命力都持久,彼得边想边握着小刀,伸直胳膊。黛西在最近给他的一封信中说,她一直在跟奥德上校见面。他知道这是故意说给他听的,黛西存心要让他嫉妒。她写信的时候眉头一定不是那么舒展,思索着说些什么才能伤他的心。可是,不管她说什么,对他来说都没有多大差别,都是气不打一处来。这次兴师动众地来英格兰见律师,目的不是要娶她,而是要阻止她嫁给别人。就是这事在折磨着他,看到克拉丽莎那么平静、那么冷淡、那么专注于缝补她的衣服什么的,他就气不打一处来,这时他才意识到克拉丽莎本来是可以不伤害他的,过去她是怎样把他贬低为一个爱哭鼻子的蠢货的。但是,女人们是不知道激情是怎么回事的,他一面合上折叠刀一面在想,她们不知道激情对于一个男人意味着什么。克拉丽莎的心像冰柱一样冷漠,她就那样挨着他坐在沙发上,任由他去摸她的手,还亲了他一口——此时他站在了十字路口。

　　突然,一个声音打断了他的思绪。是一个微弱的声音,还有点颤抖,不知是从哪里冒出来的,没有方向,没有活力,

无始无终,声音很弱但比较刺耳,没有多少实际意义:

咦 呃 发 呃 嗖
弗 岁 土 音 唔……

这声音听不出年龄与性别,酷似古老的泉水喷出地面的声音。这声音出自摄政公园地铁站正对面一个高大的、晃晃悠悠的物体,它形似漏斗,又像一台生锈的抽水机,还像一棵饱经风霜、永远不长叶子的树,任凭风儿上下穿来穿去,唱道:

咦 呃 发 呃 嗖
弗 岁 土 音 唔

在永不停息的微风中摇曳、嘎吱作响、呜咽。

历经各个年代的(这里的人行道经历过草地年代、沼泽地年代、野象出没的年代、寂静日出的年代)饱经沧桑的女人(因为穿着裙子)右手张开,左手叉腰,站在那里歌唱爱情——爱情持续了百万年,她的情人已死去了几个世纪,那时他们一起在五月散步。但是她还记得,在那些如夏日般漫长的年代,在只有红色紫苑花的年代,他离去了。死亡像一把巨大的镰刀,将那些巨型的山头横扫。最后,她那花白衰老的头埋在了大地中(现在已变成了冰碴)。她请求众神在她身边放一束紫色的石楠花,就放在埋葬她的地方,那被最后一缕阳光照耀的高岗上。因为到那时,世间的缤纷景象将不复存在。

当古老的歌曲从摄政公园地铁站对面传出来的时候,大地依然郁郁葱葱,繁花似锦。尽管歌声出自粗糙之口,出自地里一个泥洞,根的纤维和野草交织在一起,这首古老的歌,浸透了远古时代的无数盘根、骷髅和宝藏,像涓涓细流流淌在人行道上,流过整条玛丽乐彭路,流向尤斯顿路,使这些地方变得肥沃,还留下了潮湿的印迹。

这个一只手伸出来索要铜板、一手叉腰的饱经风霜的老妇,像个生锈的抽水机,依然记得在一个远古的五月她与她的心上人是怎样散步的。再过几千万年,她还会站在那里,依然记得她是怎样在五月散步的(那里现在已是一片汪洋大海），和谁一起散步并不重要，她只记得他是一个男人，哦，没错，一个爱她的男人。但是，随着时间的推移，那个古老的五月的天已逐渐模糊，亮丽的花朵已染上灰白、银色的寒霜。在她求他（很明显，她现在也在这样做）"用你温柔的双眼看着我"的时候，她看到的不再是棕色的眼睛、黑色的络腮胡子，也不是晒黑的脸，而是一个模糊的黑影。虽然她年事已高，但她还是以小鸟般精神饱满的状态对着这个黑影喋喋不休："把你的手给我，让我轻轻地抚摸。"（彼得·沃尔什临上出租车前，忍不住给了这老妇人一枚硬币。）"即使被人看见又有何妨？"那老妇人质问道。她拳头紧握放在腰间，微微一笑，将那枚硬币放入口袋。此时，多少双好事的眼睛好像全部被抹掉了，那一代又一代的过客——人行道上挤满了匆匆赶路的中产阶级——顿时消失了，就像树叶被踩在脚下，被那永恒的春天浸湿、淹没、定型——

咦 呃 发 呃 嗖

弗 岁 土 音 唔

"可怜的老妇人……"雷齐娅·沃伦·史密斯正等着要过马路。

哦,可怜的苦命人!

这要是一个雨夜呢?要是她的父亲或者知道她曾有过好日子的人从这儿路过,看见她站在排水沟里,会怎么想呢?她晚上睡在哪里?

欢快的歌声游丝般飘扬,像袅袅炊烟,绵延不绝,穿过干净的山毛榉树,飘出树冠,化作一缕青烟。

"即使被人看见又有何妨?"

雷齐娅闷闷不乐有好几个星期了,她认为事情的发生总有一定的意义,有时她甚至觉得必须拦住街上面善的好人,对他们说"我很幸福"。这个老妇人在街上大唱"即使被人看见又有何妨?"使得雷齐娅突然认定不管发生什么,一切都是正确的。他们正要去威廉·布拉德肖爵士那儿,这个名字听起来不错,他马上就会治好塞普蒂默斯的病。就在这时,一辆啤酒厂的车过来了,那些灰色的马匹的尾巴上沾满麦秸,车身上还有新闻布告。闷闷不乐,那是最愚蠢的想法。

于是，塞普蒂默斯·沃伦·史密斯夫妇二人过了马路。他们身上有什么能引起别人注意的地方吗？有什么能让过往行人怀疑这是一个带着世界上最伟大信息的年轻人？更进一步，他是世界上最幸福，同时也是最悲催的人吗？也许他们走得比别人慢，从那男人走路的姿势看，他有点犹豫，有点拖拉。但是对于一个几年来都没有在工作日的这一时间来过伦敦西区的小职员来说，还有什么比抬头望天空，东看看西看看更自然的？这波特兰广场好像就是一间屋子，他进来了，恰逢主人外出，枝形吊灯包在粗亚麻布袋里，看门的人掀起窗帘的一角，一缕缕满是灰尘的光线照射在那些久未使用、样子怪异的扶手椅上，她向来客介绍说这是一个美丽的地方。多么美丽啊，但同时又是多么奇怪的一个地方啊，他一边看这些桌椅一边在想。

乍一看，他好像是个小职员，但实际上是比较好的那种。因为他穿着棕色靴子，从他的手你就看出他是受过教育；从侧面看，他棱角分明、鼻子坚挺、聪慧、情感细腻，就是嘴唇有点松弛。他的眼睛（凡是眼睛都是这样），就是普通的眼睛，淡褐色的，大大的。总的说来，他是个边缘人物,不属于任何一类。最终,他可能会在帕里拥有一座房子和一辆汽车,或者继续在后街租公寓房,租一辈子。他是那种靠自学获得教育的人,他们所接受的教育全部来自公共图书馆借阅的书籍,他们白天工作晚上读书,通过信件求得一些名作家的指导。

至于其他经历,就是一些独处的经历,独自在卧室、办公室、田间、街头的经历,他都有。他少年时期就离开了家,因为母亲骗了他,因为他五十次没有洗手就下楼喝茶,因为他作为一个诗人在斯特劳德看不到自己的未来。他告诉亲信的小妹妹后就去了伦敦,只留下一张荒唐的便条,就像大人物写的那样,待到他们通过奋斗成名后,人们就会读到这张便条。

不知有多少万名叫史密斯的年轻人被淹没在伦敦那茫茫的人海之中,他们的父母原本想让他们出人头地而为他们取了一些奇怪的教名,如塞普蒂默斯,但他们根本不以为然。他住在尤斯顿路附近,经历的事着实不少,比如,在两年之内他粉嫩无邪的椭圆脸就变得瘦小萎缩、充满敌意。对于这一切变化,细心的朋友们即使观察到了又能说什么呢？只能像园丁在早晨打开花园的门，发现有一朵新开的花后说一句：花开了。从虚荣、自负、理想主义、激情、孤独、勇气、懒惰等常见的种子里开出的花混杂在一起（在离尤斯顿路不远的一间屋子里），使他感到羞怯、结巴，使他急于提高自己，使他爱上了伊莎贝尔·波尔小姐，那个在滑铁卢路讲授莎士比亚作品的伊莎贝尔·波尔小姐。

难道他不像济慈吗？波尔小姐问道。她思量着怎样才能让他品味一下《安东尼和克利奥佩特拉》[①]等其他作品，借书给他，也给他写过少量的信件，点燃他心中那团一生只燃烧一次的火焰，这火焰没有热量，金红色的火焰虚幻缥缈，闪烁不停，照着波尔小姐、《安东尼和克利奥佩特拉》，还有滑铁卢路。他认为她很漂亮，相信她的聪明能干无可挑剔。塞普蒂默斯常常梦见波尔小姐，给她写诗，她不管诗的主题，只是用红笔修改语句。在一个夏天的晚上，他

---

① 《安东尼和克利奥佩特拉》是莎士比亚于1607年写的悲剧，取材于古罗马历史学家普鲁塔克的《希腊罗马名人传》。

看见她穿着一件绿色的连衣裙在广场散步。园丁一开门可能就会说:"花开了。"也就是说,如果园丁在晚上的这一时间进来,发现他在写诗,发现他撕掉了写好的诗,发现他于凌晨三点完成了大作,然后跑到街上去溜达、参观教堂、一天禁食一天喝酒,还有如饥似渴地阅读莎士比亚、达尔文、《文明史》和萧伯纳的作品。

出事了,这事布鲁尔绝对清楚。布鲁尔先生在锡布利斯和阿罗史密斯公司专门负责管理拍卖师、估价师和地产经纪人,他认为出事了。他对待自己的手下如父亲对待儿子一般,对史密斯的能力给予高度评价,并且预言十到十五年后,史密斯将成功坐到内屋的皮扶手椅上,上有天窗,四周有文件保险箱环绕。"如果他能保持健康的话。"布鲁尔先生说。健康,那就是危险所在——他看上去很虚弱。他建议史密斯踢足球,邀请他吃晚饭,还考虑给他加薪,就在这时事情发生了,布鲁尔先生的许多计划被打乱了,他最有能力的青年才俊离开了。最终,欧洲战争这只魔爪喜好打探别人,阴险至极,它打碎了谷物女神的石膏像,把天竺葵花床炸了一个洞,把厨师吓得精神错乱,这些就发生在布鲁尔在麦斯威山的住宅里。

塞普蒂默斯是首批自愿入伍的人中的一员,他去法国是为了拯救英格兰、莎士比亚戏剧和穿着绿色连衣裙在广场散步的伊莎贝尔·波尔小姐,这几乎就是英格兰的全部。那边的战壕里,布鲁尔先生建议他踢足球时希望看到的变化立刻就发生了,他变得有男子汉气概了,他得到了晋升,得到了一位名叫埃文斯的军官的关注和厚爱。情形好比两只狗在壁炉前的地毯上玩耍,一只狗在撕咬纸球,一会儿汪汪叫,一会儿又猛咬,还不时地咬老狗的耳朵;另一只则躺在壁炉前,对着炉火眨眼,它抬起一只爪子,扭头低叫了几声,没有发脾气。它们两个相依为命,同甘共苦,打架,拌嘴。但是当埃文斯(此人雷齐娅只见过一面,埃文斯给她留下的印象是一个"安静的人",他身体健壮,长着红色头发,在女人面前有点内敛)在停战协定签署之前在意大利牺牲时,塞普蒂默斯没有流露出任何感情,丝毫不认为他们的友谊到此为止,相反却暗自庆幸自己不为感情所动相当理智。这是战争教会他的,战争是崇高的。事件的前前后后他都经历过,友谊、欧洲战争、死亡、晋升,他还不到三十岁,一定能活下来。他当时就在场,最后一波空袭没有击中他,他神情淡然地看着炮弹爆炸。和平降临的时候,他正在米兰,随部队住在一个酒馆老板家,那家还有一个院子,花盆里种满了鲜花,还摆放了几张小桌子,房东家的几个女儿在做帽子。就在塞普蒂默斯不知该如何是好的时候,一天晚上他和房东家的小女儿卢克雷齐娅订了婚——几乎没有一点思想准备。

现在停战协定签署了,死者也安葬了,一切都结束了,塞普蒂默斯突然感觉有些害怕,像被雷劈一样,特别是在晚上,一点儿心理准备都没有。当他打开房门,意大利女孩们正坐在那儿做帽子,他看得一清二楚,也听得一清二楚,她们在擦洗铁丝,周围的碟子里全是各色的珠子,她们把衬布折来折去。羽毛、闪光饰片、丝线、绸带撒了一桌子,剪刀敲得桌子铮铮直响。但是,不知什么原因他感到失落,变得麻木了。剪刀还在铮铮响,姑娘们依然有说有笑,帽子制作没有停下来,这一切保护了他,他也确实感到了安全,他找到了庇护所。但是他不能彻夜坐在那里,凌晨时分他总是醒来。床在下落,他也跟着下落。哦,是由于剪刀、灯光和衬布的缘故!他向卢克雷齐娅求婚,就是两姐妹中年纪较小的那个。她成天乐呵呵的,一点也不严肃,常举着她那艺术家特有的纤细手指说:"全靠它们了。"丝线、羽毛等离了它们就不能活。

在他们出去散步的时候,她常常说:"帽子最重要。"每见到一顶帽子,她都要仔细审视一番,还有斗篷、连衣裙、女人的神态,她都要审视一番。穿着欠讲究的和穿着过于讲究的她都瞧不起,但她表达得并不激烈,只是不耐烦地挥挥手,就像一位画家让人把一眼就能看出来的冒牌画拿开一样,尽管是一番好意。她总是不吝赞美之词,又能带着批判的态度。她喜欢打扮时髦的店员小姐,看到穿着毛丝鼠皮草,内搭长连衣裙,戴着珍珠项链的法国贵妇从马车上走下来,也会热情洋溢,用专业的眼光称赞对方。

"真美!"她会小声说,同时轻轻推一下塞普蒂默斯,想让他也看一下。但那时美和他之间就像隔了一层玻璃,就连眼前的美味(雷齐娅喜欢冷饮、巧克力、甜食)也提不起他的一点兴趣。他把茶杯放在大理石小桌上,看着外边的人们,他们看上去很幸福,聚集在大街中央,喊啊,笑啊,无端争吵。但是他就是尝不出什么滋味,也没有任何感觉。就是在这家茶馆里,在这些桌子与闲聊的服务员中间,一种莫名的恐惧突然来袭——但是他感觉不到。他可以思考,也可以阅读,比如但丁的著作,读起来相当轻松("塞普蒂默斯,放下你手中的书。"雷齐娅说。说着,她轻轻合上了《神曲》地狱篇),他还可以计算账单,他的脑子是完好的,一定是这个世界出了问题——他感觉不到。

"英国人都那么话少。"雷齐娅说。她说她就喜欢这样,她对这些英国人怀有敬意,也想看看伦敦,看看英国马和定制的西服。记得一位嫁到伦敦、住在伦敦索霍区的姑妈曾经说过伦敦的商店有多么好。在他们离开纽黑文时,塞普蒂默斯透过火车车窗看着英格兰,心想,世界本身很可能是没有意义的。

在办公室,他被提升担任要职,同事们都为他而感到自豪,他还获得过十字勋章。"你已经尽到了职责,现在由我们决定……"布鲁尔先生开始讲话,他热情高涨,连话都说不下去了。他们在离托特纳姆科特路不远的地方租了一个很不错的住处。

现在,他又一次翻开了莎士比亚的书,《安东尼和克利奥佩特拉》一书中令人陶醉的语言技巧令年少时的他沉迷其中,现在这种感觉已经消失了。莎士比亚是多么厌恶人类——穿衣服、生孩子,嘴和肚子真下贱!原本隐藏在优美文字下面的信息,现在完全展现在了塞普蒂默斯的面前。厌恶、憎恨、绝望,这些经过伪装的隐秘信号就这样一代一代传承下来。但丁也一样,埃斯库罗斯①也一样。雷齐娅则坐在桌子旁装扮帽子,她在给菲尔默夫人的朋友装扮帽子,一干就是几个小时。她看上去脸色苍白,神秘兮兮的,就像一枝淹没在水下的百合花,塞普蒂默斯心想。

"英国人就是那么严肃认真。"雷齐娅常常会这么说。说话间她一下子抱住了塞普蒂默斯,脸颊贴脸颊。

关于男欢女爱,莎士比亚是很排斥的。性交让他感觉污秽不堪。但是雷齐娅说了,她必须得要孩子,他们结婚已经五年了。

他们一起去伦敦塔,去维多利亚和阿尔伯特博物馆,

---

① 古希腊悲剧诗人。

一起站在人群中观看国王主持议会开幕式。他们还一起去逛商店——帽子店、衣服店、橱窗里摆放皮包的店,她常常站在那儿睁大眼睛看。但是她必须得要一个男孩。

她说她必须要一个像塞普蒂默斯这样的儿子,但是没有人能够像塞普蒂默斯那样,温柔、严肃,又聪明。难道她不能读一读莎士比亚的著作吗?难道莎士比亚是一个令人费解的作者吗?雷齐娅禁不住问起自己来。

绝不可以把孩子们带到这样的世上来,绝不能再让苦难延续下去,绝不能为这些好色的动物繁衍后代,这些好色的动物缺乏的就是持久的感情,有的只是些怪念头和虚荣心,他们被这些怪念头和虚荣心冲击得东倒西歪。

塞普蒂默斯看她裁剪、做出形状,就像一个人看小鸟在草地上蹦啊、飞啊,连手指头都不敢动一下。因为真相(她不知道也就罢了)是人类既没有爱心,也没有信仰,更没有怜悯之心,只图一时的快乐。他们成群结队去狩猎,他们的队伍把沙漠都翻了个底朝天,然后嘶吼着消失在荒野之中,他们遗弃了倒下的同伴,他们一脸怪相。办公室里有布鲁尔,胡子用蜡打得倍儿亮,粉红色的领带夹,白色打底衫，神清气爽——内心却是冰冷的——他的天竺葵被战争毁了——他那厨师的神经被彻底摧毁了；还有那个叫阿米莉娅什么的，五点钟准时给大家送茶水的那位——一个好色、爱笑话人、下流的小泼妇；还有汤姆、伯蒂之类的人，他们穿着浆洗过的硬衬胸衬衫，透露出罪恶。他们从来没有见过他在笔记本上给他们画的那些像，赤裸着身子，做出滑稽的动作。大街上，小货车呼啸着从他身边经过，标语牌上的暴力事件非常醒目，男人们被困在矿井下，女人们被活活烧死；曾有一队残废的疯子在托特纳姆科特路操练或演示以供民众消遣（人们哈哈大笑），这群人慢步缓行、点头哈腰、咧嘴笑着从他身前经过，每个人都是半抱歉半得意，给他带来无尽的痛苦。那么，他会疯吗？

喝茶的时候，雷齐娅告诉他菲尔默夫人的女儿正盼着孩子诞生，而自己还不能老，她还没有孩子呢！她很孤独，活得很不痛快！自从结婚以来这是她第一次哭，他听见哭声离他很远，他听得清清楚楚，把这哭声比作活塞砰砰的声音。但是他没什么感觉。

他的妻子在哭，可是他内心毫无感觉，每次她深切、绝望地默默哭泣时，他就往深渊迈进一步。

最后，他故作姿态，把头埋入手中，但他心里十分清楚，这动作没有一点诚意。现在，塞普蒂默斯投降了，他必须有别的人帮忙才行，必须请人，他屈服了。

无论怎么做都不能使他振作起来，雷齐娅扶着他睡在床上，然后去请医生——菲尔默夫人的医生霍姆斯先生。霍姆斯医生给他检查了一下。"什么病也没有。"霍姆斯医生说。哦，总算可以长舒一口气了！多么善良、好心的人啊！雷齐娅心想。霍姆斯大夫说，他要是再有这样的感觉，就去音乐厅，或者抽出一天的时间陪妻子打高尔夫球。为什么不在睡觉时，将两片安眠药溶入水中喝掉呢？霍姆斯大夫敲了敲墙壁说，布鲁姆斯伯里的老房子通常都装修得不错，墙上的装饰板肯定也没少上，可那些房东尽干些傻事，用墙纸蒙住了。就在前几天，他还去看过一个病人，名字记不清了，反正是一个爵士，就住在贝德福德广场……

这么说也就没有什么借口可言了，除了原罪什么毛病都没有，也正是因为这原罪他才被人类的本性判处死刑，只不过他自己没有感觉到。埃文斯死的时候，他一点都没往心里去,真不够意思。但是,所有其他的罪行都抬头了,对着清早躺在床上不起自甘堕落的那具躯体指手画脚、挖苦嘲笑。笑他娶了妻子却不爱她,笑他如何对妻子撒谎,笑他如何勾引妻子,如何激怒了伊莎贝尔·波尔,笑他满脸麻子、浑身恶习,街上的女人们一见他就瑟瑟发抖。人类的本性对这样一个坏蛋的裁决就是死刑。

霍姆斯大夫又来了,他身材高大、面色红润、英俊潇洒,他掸了掸靴子,照了照镜子,将头疼、失眠、害怕、梦魇统统一扫而光。"没有别的,只不过是些神经症状。"他说。霍姆斯大夫要是发现自己的体重低于一百六十磅,哪怕是半磅,他都要让妻子每天早上多做一盘麦片粥。(雷齐娅也要学会做麦片粥。)但是,他又继续说,健康很大程度上是可以由自己控制的,要积极参加户外活动,培养兴趣爱好。他翻开莎士比亚的《安东尼和克利奥佩特拉》,又放到一边。要有些兴趣爱好,霍姆斯大夫说,他正是把自己的健康(他工作的辛苦程度不亚于伦敦的任何一个人)归功于这一点,那就是他总能把注意力从病人身上转移到旧家具上。他也许会说沃伦·史密斯夫人头上戴的那个发卡是多么漂亮啊!

那个该死的傻瓜又来了,塞普蒂默斯拒绝见他。他真的不想见我吗?霍姆斯大夫惬意地笑了笑说。莫非他只有友好地推开那迷人的小妇人——史密斯夫人,才能进入她丈夫的卧室。

"看来你是为这事犯愁了。"大夫的话让人听了很舒服,霍姆斯说着就在病人的身旁坐下。塞普蒂默斯确实和他的妻子说过要自杀,可他的妻子是多好的一个姑娘啊!还是一个外国人,不是吗?听了这话,她难道不会对英国的丈夫们产生一种奇怪的想法吗?一个人难道不应该对他的妻子负责任吗?做点事难道不比躺在床上好吗?因为霍姆斯大夫已经有四十年的经验,塞普蒂默斯完全可以听信他的话——根本什么病都没有。霍姆斯大夫希望他下次来的时候,能看到史密斯已经下了床,不再让他的妻子,那个迷人的小妇人为他担心。

简而言之,人性这头畜生张开血盆大口,怎么也不肯放过他,霍姆斯也不肯放过他。霍姆斯大夫几乎每天都来。塞普蒂默斯在一张明信片的背面写道:一旦你跌倒了,人性就不会放过你,霍姆斯也不会放过你。唯一的机会就是逃跑,千万别让霍姆斯知道,逃到意大利,或别的什么地方,只要远离霍姆斯大夫,哪里都行。

　　但是,雷齐娅怎么也理解不了塞普蒂默斯的行为。霍姆斯大夫是多好的一个人,对塞普蒂默斯如此关心,并且说过他一心只想帮助他们。他有四个小孩,还请她喝过茶,这些她都跟塞普蒂默斯讲过。

　　这么说塞普蒂默斯被遗弃了,整个世界都在大声疾呼:"自杀,自杀,为了我们。"但是他为什么要为了他们而自杀呢?吃得好,天气也暖和,这就自杀了吧?该如何下手?用餐刀,场面太难看,血流成河的;那就吸煤气吧?他又太虚弱,连抬手的力气都没有。再者,既然他的内心十分孤独,备受谴责,被人遗弃,和那些临死的人毫无二致,那么这也就算不错了,孤独中有一种崇高,一种亲朋好友永远也理解不了的自由。当然,霍姆斯胜利了,红鼻孔畜生胜利了。但是,就连霍姆斯本人也不能触碰这迷失在世界边缘的最后的残骸,这个被驱逐的人回头凝望那些曾经住过人的地方,像一个溺水的水手,躺在了世界的边缘。

就在雷齐娅出去买东西的这一会儿,伟大的启示降临了。屏风背后传来一个声音,那是埃文斯在说话,那些死者与他在一起。

"埃文斯,埃文斯!"他大声喊道。

史密斯先生在大声地自言自语,女仆艾格尼丝在对厨房里的菲尔默夫人大声喊。当艾格尼丝端着盘子进来的时候,他喊道:"埃文斯,埃文斯。"艾格尼丝吓得跳起来,仓皇跑下楼。

雷齐娅买花回来了,她进了屋,把手里的玫瑰花插入花瓶,放到了阳光可以照射到的地方。然后笑啊,跳啊,满屋子转悠。

雷齐娅说,看到街上那个卖花的男人很可怜,就把这些玫瑰花买下来了,但是这些花快要死了,她边说边摆弄着这些花。

外边有个人,估计是埃文斯吧。雷齐娅所说的那些半死的玫瑰,就是他从希腊的田野里采摘回来的。"交流就是健康,交流就是幸福,交流就是……"塞普蒂默斯喃喃自语道。

"你在说什么？塞普蒂默斯。"雷齐娅问，她几乎被吓疯了，因为他在自言自语。

雷齐娅赶紧让艾格尼丝去请霍姆斯大夫，说她丈夫疯了，连她也不认得了。

"你这个畜生！你这个畜生！"塞普蒂默斯看见人性就哭喊道。其实那是霍姆斯大夫进了屋。

"这是怎么回事呀？"霍姆斯大夫用全世界最温和的口吻说道，"靠说胡话来吓唬妻子？"霍姆斯大夫会给他用点药让他睡觉。霍姆斯大夫带着讽刺的意味环顾了一下屋内说，如果他们是有钱人，如果他们不相信他的医术，他们大可以去哈利街求医①。说到这里，霍姆斯大夫就不是那么和蔼可亲了。

现在刚好是十二点整，大本钟的钟声弥漫在整个伦敦北部的上空，和其他钟声混合在一起，轻轻地飘入云朵和烟雾中，最后消失在海鸥群里。十二点的钟声敲响了，克拉丽莎夫人正把她那绿色的连衣裙放在床上，沃伦·史密斯夫妇

---

① 英国著名的医疗街，位于伦敦市中心，靠近牛津街。

正走在哈利街上,十二点是他们约定的时间。雷齐娅在想,那很可能就是威廉·布拉德肖爵士的房子,房子前面停放着一辆灰色的汽车。钟声沉重的声波消失在空气中。

没错,就是威廉·布拉德肖爵士的汽车,车身低,马力强劲,车身颜色为灰色,印在玻璃窗上的两个首字母交织在一起,显得很朴素。因为此人是神灵的帮手、科学上的教父,似乎弄什么纹章之类的气派标志与他的身份不协调。由于汽车是灰色的,搭配灰色的毛皮坐垫和银灰色的毛毯,正好与其淡雅之风相匹配,尊敬的爵士夫人在等车时也不会觉得冷。因为威廉爵士经常要到六十英里或者更远的乡下给有钱人看病,他们负担得起威廉爵士正常收取的高昂诊疗。爵士夫人要在车里等上一个小时甚至更长时间,她就把毯子盖在膝盖上,靠坐在座椅上,有时想想病人,有时又想想那金子筑成的墙,她每等一分钟,金墙就增高一点点。金墙在不断增高,保护他们不会经历任何变故,不会有一点忧虑(这一切变故与担忧她都勇敢地承受着,他们还为之奋斗过),直到她觉得自己被挤到了一个平静的大洋上,那里只有带香料味的风吹过。受人尊敬、爱戴,被人嫉妒,简直没有什么可以再向往的了,唯一一点就是她对自己臃肿的身材不太满意。每周四晚都有针对不同行业的大型宴会,她偶尔也为特卖会剪彩,接受王室的接见。唉,她与丈夫在一起的时间太少了,因为他的工作越来越多。他们有一个儿子在伊顿公学,学习成绩不错,她还想生一个女儿的。她兴趣广泛,儿童福利事业、癫痫病人出院后的护理、摄影等。她在等丈夫的时候,如果发现有教堂在建,或者有教堂破败不堪,她就会贿赂教堂司事,拿到教堂的钥匙去照相,她拍摄的照片与那些职业摄影师的作品不相上下。

威廉爵士本人已经不再年轻。他工作非常努力,他是个商店店主的儿子,却靠自己的能力得到现在的地位。他热爱自己的职业,他可以在典礼上做一个出色的傀儡,做一流的演讲。等到他被封为爵士的时候,他脸色庄重,神情疲惫(病人如潮水般涌来,他的职业所带来的特权和职责让他更加劳累),他满头白发,与众不同。他医术高超、诊断精准,富有同情心,在治疗精神疾病方面有着良好口碑,对人性也有着很深的理解。雷齐娅夫妇一进门,他就看出来了（这就是沃伦·史密斯夫妇），他确信这个男人已经病入膏肓，完全崩溃——生理和心理都是。所有的症状都显示出，这个男人已经到了晚期。威廉爵士思索了两分钟，在一张粉色小卡片上记录下所有问题的答案，一边自言自语。

"霍姆斯大夫治疗他多久了？"

"六个星期。"

只是开了些溴化物吗？还说他的病不要紧？是啊（这些普通医师！威廉爵士想。他的一半时间都用来纠正他们的错误了，有些还是无法补救的）。

"你在战争中表现出色吗？"

病人疑惑地重复着"战争"这个词。

他这是在给象征性的词语赋予意义呢。这是病情严重的标志，要在卡片上注明。

"战争？"病人问道。欧洲战争——小男孩带着火药玩耍吗？他表现出色吗？完全记不起来了。在战争中他失败了。

"是的，他表现出色。"雷齐娅向医生保证，"他还升职了。"

"在你的办公室里,人们对你的评价也很高吗?"威廉爵士低声问道,他瞥了一眼布鲁尔先生不惜溢美之词的信,"所以你没有什么好担心的,也没有财务问题,什么都不用担心,是吗?"

塞普蒂默斯犯下了骇人听闻的罪行,他被人性判了死刑。

"我——我,"塞普蒂默斯开始说,"我犯了罪。"

"他没有做错任何事。"雷齐娅向医生保证。威廉爵士表示,他想和史密斯太太单独去隔壁谈谈,如果史密斯先生愿意等的话。她丈夫病得很重,威廉爵士说,他是不是威胁过要自杀?

是的,他是说过,但那不是他的本意。雷齐娅哭着说。当然不是,这只是一个休息的问题,威廉爵士说。休息,休息,休息,长时间的卧床休息。乡下有一个温馨的疗养院,在那里她的丈夫会得到很好的照顾。要离开她?雷齐娅问。不幸的是,没错。那些最关心我们的人,在我们生病时留在身边对我们不好。但塞普蒂默斯没有疯,不是吗?

威廉爵士说他从来不会说"发疯"这个词,而是称之为没有平衡感。但是她的丈夫不喜欢医生,他会拒绝去那里。威廉爵士简短又耐心地给她解释病情。塞普蒂默斯曾威胁要自杀,没有别的选择了,这已经是法律问题了。他会在乡下美丽的疗养院里,躺在舒服的床上,护士们和蔼可亲,威廉爵士每周会去看他一次。如果史密斯夫人确定没有疑问了,他们就回到她丈夫那里。威廉爵士从不催促病人。雷齐娅没什么问题了,至少不是要问威廉爵士。

于是,他们回到了人类中最崇高的人那里,他是面对审判的罪犯,是在高处示众的受害者,是逃亡者,是溺水的水手,是写不朽颂歌的诗人,是从生到死的上帝,塞普蒂默斯·沃伦·史密斯。他正坐在天窗下的扶手椅上,凝视着穿着宫廷礼服的布拉德肖夫人的肖像画,嘴里不停地念叨着关于美丽的信息。

"我们的谈话结束了。"威廉爵士说。

"医生说你病得很重。"雷齐娅哭着说。

"我们商量着你应该到疗养院去。"威廉爵士说。

"威廉爵士办的吗?"塞普蒂默斯嘲讽道。

那家伙让人不愉快。威廉爵士的父亲是个生意人,所以他天生尊敬有教养、衣着光鲜的人。更深层的原因是,威廉爵士没有时间读书,对进入他诊所的有教养之人都带着一种深藏不露的嫉妒。因为他们会让他觉得自己没有受到良好教育,尽管他的职业要求最高的技能和不懈的努力。

"是我办的一家疗养院,史密斯先生,"他说,"在那里,我们会告诉你如何平静下来。"

还有一件事。威廉爵士非常肯定,如果沃伦·史密斯先生的病好了,就绝不会再威胁妻子,尽管他威胁过要自杀。

威廉爵士说:"我们都有沮丧的时候。"

一旦你跌倒,塞普蒂默斯一遍遍对自己说,人性就会把你俘获。霍姆斯和布拉德肖就会把你俘获。他们会寻遍沙漠,会尖叫着飞进荒野,会用刑具折磨你。人性是残酷的。

"他有时会冲动吗?"威廉爵士问,用铅笔在卡片上记录。

这是他自己的事。塞普蒂默斯说。

"没有人只为自己活。"威廉爵士说着,看了一眼妻子穿宫廷服的肖像。"你前程似锦,布鲁尔先生的信就在桌子上。你的事业会很辉煌。"

如果塞普蒂默斯认罪呢?如果他求饶,折磨他的人会放过他吗?

"我——我,"他结结巴巴地说。

可他犯了什么罪?他一时想不起来了。

"嗯?"威廉爵士鼓励他。(不过时间不早了。)

爱、树、没有罪行。他想说什么?

他记不起来了。

"我——我——"塞普蒂默斯结结巴巴地说。

"尽量少考虑自己,真的,他不适合四处溜达。"威廉爵士温和地说。

他们还有什么要问的吗?威廉爵士会做好一切安排(他小声对雷齐娅说)。他会在下午五六点的时候告诉她。

"相信我说的一切。"威廉爵士说。然后让他们走了。

雷齐娅从未如此痛苦过,从来没有。她想寻求帮助,却被打发走了。威廉爵士辜负了他们,他不是个好人。

塞普蒂默斯说,光是保养车,威廉爵士就得花不少钱。

雷齐娅紧紧抓着塞普蒂默斯的手臂,他们被打发了。

但她还想要什么呢?

他给了病人 45 分钟的时间;医学是一门费心劳力的学科,毕竟现在我们对人类的大脑和神经系统还知之甚少,在这种情况下,大夫一旦失去了平衡感,那么他作为一个大夫将是一事无成的。健康是我们每个人都必须要有的东西,而健康实际上就是一种平衡。所以当一个人走进你的房间,对你说他就是耶稣(这是一种常见的错觉),说他带着耶稣的启迪(他们常常有这种信息),并且威胁说他要自杀(他们常常这么做)的时候,你必须采用平衡的方法,命令他们在床上安静地休养;没有朋友,没有书籍,也没有各种各样的启迪;就这样休息六个月,直到他们的体重从入院时的 7.6 英石①增加到 12 英石才能出院。

平衡,这是多么神圣啊。平衡是威廉爵士的女神,当他穿行在医院走廊的时候,当他捕鲑鱼的时候,当他在哈利街迎来布拉德肖夫人为他生育的儿子的时候,平衡都曾袭上他的心头。布拉德肖夫人自己也捕鲑鱼,她拍的照片

---

① 1 英石 ≈ 6.35 千克。

与专业摄影师的作品不相上下。威廉爵士崇拜平衡,这不仅使他事业有成,也使英国繁荣。他把精神病人互相隔离开,禁止他们生儿育女,将绝望的情绪视为一种犯罪,也不允许病人们彼此交流观点,直到他们也拥有他的这种平衡感——如果病人是男人,获得的就是他的平衡感;如果病人是女人,获得的就是布拉德肖夫人的平衡感(她不仅绣花,做针线活,而且每周花四个晚上在家里陪儿子)。因此他的同事尊敬他,他的属下敬畏他,病人的亲朋好友也对他怀有最衷心的感激,因为他坚持让这些声称自己能够预言世界末日或者基督降临的男男女女按照他的要求躺在床上喝牛奶;威廉爵士以他处理这种病情的三十年的临床经验和他可靠的直觉认为这种就是发疯了;而这种直觉,实际上就是他的平衡感。

但是平衡还有一个姐妹,她很少喜笑颜开,更加令人胆寒,这位女神现在正忙碌着——在印度炎热的沙漠上,在非洲的泥浆盐沼中,在伦敦贫穷的郊区里,总之,让所有风气或者罪恶引诱人们背离信仰,就是她的信仰——甚至她现在正忙着用力掷下神龛,粉碎人们的崇拜,然后代之以她那严峻的表情。改变信仰是她的名字,她吞噬弱者的意志,她喜欢引人注目,喜欢在平民脸上刻下自己的特征。在海德公园的一角,她站在一个桶上反复给公众灌输她的理念;她用白色的裹尸布缠住自己,伪装成博爱的样子,面含悔意地走过工厂和议会门前;她给人们提供帮助但同时也渴望权力;她粗暴地打击异己分子或对她不满的人;她把她的庇护赐给那些仰视着她,恭谦地从她的眼睛里找寻他们自己光芒的信徒。这位女神也在威廉爵士的心中占据了一席之地(雷齐娅·沃伦·史密斯这么推测),尽管更多的时候她都把自己包裹在可信的外衣之下,隐藏在比如爱情、责任和自我牺牲这些值得尊敬的说辞之下。他一直多么努力地工作啊——辛苦地筹集资金,宣传变革,兴建机构!但是改变信仰,这个挑剔的女神,更喜欢鲜血胜过砖头,并且巧妙地吞噬了人们的意志。比如布拉德肖夫人,十五年前她就已经屈从了。你根本想不出到底为什么;没有争吵和谩骂,她的意志就像浸了水一样缓缓地下沉,融入他的意志中。她的微笑那么甜蜜,屈服得那么迅速;她在哈利街举办晚宴,用八九个菜来款待十个或是十五个专业人士,晚宴举办得顺利而且礼数周全。只是当夜幕降临,她有点郁闷,有点不自在,一阵阵紧张地抽搐,她的笨拙、踌躇和惶恐都表明这个可怜的女人在说谎——这真难以置信。很久以前,她也自由自在地抓鲑鱼;但是现在,为了顾及她丈夫对统治、对权力闪着无限渴望光芒的水汪汪的眼睛,她收起欲望、压榨自己、改变自己,让自己变得弱小不堪,躲到一旁,偷偷地窥视;因此,她不知道是什么原因使这个夜晚变得不愉快,让她的头昏昏沉沉的(可能是专业的话题太无聊,或者是事业有成的医生们本就疲惫不堪,布拉德肖夫人说一个大夫的生命"不属于他自己而属于他的病人"),的确不愉快。所以当钟声响过十下之后,那些客人如释重负,冲到哈利街上呼吸新鲜空气;然而,他的病人却不能如此。

这个灰色房间的墙上挂着一幅画,屋子里摆放着昂贵的家具,在玻璃天窗下,病人们都知道自己犯错误的程度;他们把自己挤在扶手椅里,看着威廉爵士出于他们的健康考虑,在挥舞着手臂做着奇怪的动作,他伸出双臂而后迅速地收回到腰间,为了证明给那些难以治愈的病人看,威廉爵士可以主宰自己的一举一动，而他的病人们却不能。一些虚弱的病人已经不行了，开始哭泣，接受了这一切；而其他人则被一种不知缘故的、无节制的疯狂鼓舞着，当着威廉爵士的面说他是可恶的骗子；甚至不尊敬地质问他生活的本质。为什么要活着呢？他们需要知道。威廉爵士的回答是因为生活是美好的。的确如此，布拉德肖夫人戴的鸵鸟羽毛帽子就挂在壁炉上。至于他的收入，一年是一万两千多英镑。但是病人们否认道，生活对于他们来说，才没有那么慷慨。他勉强认同。他们缺少那种平衡感。或许是不存在上帝？他耸耸肩。总而言之，这种生存还是死亡的问题不是我们自己的事么？但是在这一问题上，他们是错的。威廉爵士在萨里有一个朋友，人们在那里教授平衡感，威廉爵士也承认这是一种难以掌握的艺术。此外，还有家人之间的亲情、名誉、勇气和光明的事业。威廉爵士是这一切的坚实的守护者。如果它们使他沮丧，他就不得不依靠警察和社会的良善。他非常平静地叙述着，在萨里，警方和社会良善的力量会将不高贵的血统引起的反社会冲动控制住。然后改变信仰这位女神就会从她的藏身之处偷偷溜出来坐上她的宝座,她的欲望是镇压反抗,在人们心中的神殿上刻下自己不可磨灭的形象。那些精疲力竭、无依无靠的人们,被赤裸裸地,毫无防备地植入了威廉爵士的意志。他扑向他人的思想,吞噬他人的意愿。他把人们关押起来,可正是这种坚决和人道的结合使那些因威廉爵士而受害的病人们的家属对他感到亲切。

但是雷齐娅·沃伦·史密斯却一边沿着哈利街走,一边哭喊着她不喜欢这个男人。

哈利街的钟声一点点把六月的这一天分开、割裂、切碎,仿佛在劝人服从、拥护权威,并且异口同声地宣告平衡感至高无上的优越性,直到钟声逐渐减弱,只剩下牛津街一家商铺上挂着的广告钟在报时,它友好地宣告现在是夜里一点半了,就好像里格比和朗兹的公司在为行人免费地提供信息,是件令人愉悦的事。

抬头向上看去,钟上有公司的名字,仿佛他们(Rigby 和 Lowndes)名字里的每个字母代表一个小时;人们下意识地就因为里格比和朗兹提供与格林尼治天文台同步的时间而对他们心怀感激;而且这种感激(在商铺的橱窗前闲逛的时候休·惠特布雷德就是这么想的）会很自然地以日后去里格比和朗兹买鞋子或者袜子的形式体现。他这么想着。这是惠特布雷德的习惯。他没有深入地想下去，只是流于表面地随便想想。一会儿研究已经消失的古语，一会儿学学现代语言，在君士坦丁堡、巴黎和罗马轮流生活，爱骑马、射击、打网球。有些敌视他的人称他如今在白金汉宫护卫队供职，每天穿着长筒丝袜和齐膝短裤的制服，但是没人知道他到底负责什么。不过他工作很有效率。他已经在英国的上流社会漂泊了五十五年。他也认识首相。他对这一切都很有感情。不过若是说他没有参加过任何大的活动或者担任重要的公职也是不恰当的，有那么一两个小改革里有他一份功劳：一个是改善公共居住条件，另一个是保护诺福克郡的猫头鹰。年轻的女仆应当感激他。他还写了很多信发给《泰晤士报》，内容都是请求筹款，呼吁公众保护环境，清理垃圾，减少吸烟，消除公园里伤风败俗的行为，这些都十分令人尊敬。

他仪表堂堂，当每半个小时的报时声逐渐淡去的时候，他正驻足橱窗外，穿着与地位相称的衣服，批判性地、严肃地看着里面质量极好、无可挑剔的鞋袜，好像居高临下地俯视这个世界；但是他意识到能力、财富、健康也附带了许多义务，甚至要求他在不必要的时候也必须谨小慎微地遵守各种礼节，参加过时的庆典，这使他的礼仪显得富有内涵，这让人们效仿他，也记住了他。例如，他和布鲁顿夫人这位已经与他相识了二十多年的老朋友共进午餐，都会手持一束康乃馨赴约，而且会问候布鲁顿夫人的秘书布拉什小姐身在南非的弟弟，然而不知是什么原因，尽管布拉什小姐怎么看都不能说是有足够魅力的女性，她却十分讨厌他的问候，所以总是回答道："谢谢你，他在南非过得很好。"其实，在那六年里，他的弟弟在朴次茅斯①生活得很糟糕。

布鲁顿夫人本人更喜欢理查德·达洛维，他马上就会到了。其实他们是在门阶处撞见的。

布鲁顿夫人当然会更喜欢理查德·达洛维，他比休强多了，但是她不会允许别人说她可怜的、亲爱的休的坏话。

---

① 朴次茅斯，英国港口城市。

她永远不会忘记他的善良——他的确是出奇的善良——她忘记到底是什么时候开始这么觉得的,他确实出奇的善良。无论如何,两个人的差异是没有那么多的。她看不出像克拉丽莎·达洛维那样剖析别人有什么意思——把人切开,再缝上;一个六十二岁的人无论如何都不会那么做。她的脸型棱角分明,上面挂着生硬的微笑,接过休的康乃馨。再没有其他人来了,她说。她是找借口让他们来的,想让他们帮她解决一个难题——

"我们先吃饭吧。"她说。

围着白色围裙的女仆们安安静静地以优雅的姿态在回转门进进出出,这些女仆其实并没有什么存在的必要,但是她们是被梅费尔区上流社会的女主人训练出来,是在一点半到两点的神秘场合和豪华大骗局中演出的能手,只要随便一挥手就能造成交通拥堵,取而代之的是余味悠长的错觉。首先呢,就是关于食物的——无须付钱;之后是桌子上自动地布置好了玻璃杯、银质器具、小垫子、画着红色水果的小碟子;涂着薄薄一层棕奶油的比目鱼;砂锅里小火煮着鸡肉,有着不同于普通家常菜那样的颜色,炉火闪动;配着免费的红酒和咖啡,沉思的眼眸里浮现出欢喜的神色。这样的眼眸属于那些生活多彩却神秘的人们;这样的眼眸里燃烧着光芒,亲切地注视着摆在布鲁顿夫人盘子旁边的红色康乃馨(她的动作总是规规矩矩的),所以休·惠特布雷德感到自己和整个宇宙处于一种和谐平静的状态,同时他能够完全确定自己的地位,于是他放下叉子,说:

"这些花衬着你衣裙上的蕾丝边不是会更迷人吗?"

布拉什小姐极其讨厌他的这种轻浮,认为他是一个没教养的家伙,这使布鲁顿夫人笑了起来。

布鲁顿夫人举起了康乃馨,显得有些僵硬,和她背后挂着的画上的将军姿态相差无几;她保持着这个姿势一动不动,已经呆住。那她现在是什么?是将军的曾孙女?还是玄孙女?理查德·达洛维自己思忖着。罗德里克爵士、迈尔斯爵士、塔尔博特爵士——对,就是这样。这个家族能保留下来女性的样貌特征是多么不容易啊。她本来也应该是个骑兵将军的。而且理查德就应该高高兴兴地在她领导的军队里服役。他对她怀着无与伦比的尊敬,他对这些出身高贵、养尊处优的上了年纪的老夫人怀有浪漫的想法。

他一贯彬彬有礼,为人和善,他想带几个他熟悉的热心肠的年轻人与她共进午餐,好像她可以从性情温婉、爱好品茶的人中培养出来!他了解她的家乡,也了解她的家人。她的家乡有一棵葡萄藤,现在还在结果,洛夫莱斯①或赫里克②——她自己从未读过一句诗,但是故事里就是这么说的——曾经坐在葡萄藤下。最好是再等一等,布鲁顿夫人想,再等一等,等到大家都喝完咖啡,再把困扰她的问题说出来(这个问题是关于呼吁大众的,如果说,该怎么说,等等),于是她把康乃馨重新放回到盘子旁边。

"克拉丽莎过得怎么样?"她突然问。

克拉丽莎总是觉得布鲁顿夫人不喜欢她。的确,布鲁顿夫人在外的名声是这样的:跟别人比起来她更关注政治,说话像个男人一样粗声粗气;还曾经在80年代那个臭名昭著的阴谋里插了一脚,这个阴谋在回忆录中提到过。她家的客厅有一个暗室,里面有一张桌子,桌子上摆着一张

---

① 洛夫莱斯(1618—1657),英国骑士诗人。
② 赫里克(1591—1674),英国资产阶级时期和复辟时期所谓的"骑士派"诗人之一。

已故将军——塔尔博特·穆尔爵士的照片。就在这张桌上（在80年代的一个夜晚），当着布鲁顿夫人的面，在她知道的情况下（或许还提了点建议），他在这里发了一封命令英国军队前进的电报，这是一个历史性的时刻。（她保存了那支笔，讲述着这个故事。）因此，当她随随便便地问"克拉丽莎过得怎么样？"的时候，丈夫们难以让他们的妻子相信她对她们是关心的。的确，无论对她多么忠心，他们都暗暗怀疑自己。女人们总是拦着男人的路，在他们赴海外任职这种事情上从中作梗。他还要带着她们出国开会，在会议期间被送到海边的疗养院休养，因为患上了流感。

虽是如此，她的一句"克拉丽莎过得怎么样？"被女人们认为是一个信号，来自对她们怀有美好祝福的朋友，这个朋友虽然总是默不作声，但这句话（她一生大概只说过六次）体现出她认同女性之间的友谊，而这种关系在男性主导的宴会上是不存在的。这把布鲁顿夫人和达洛维夫人这两个几乎算是素未谋面的，即使见了面也是漠然相对的，甚至彼此敌视的女人，用一种奇特的方式联系在了一起。

"今天清晨我在公园遇见了克拉丽莎。"休·惠特布雷德说。他正把头埋在砂锅里猛吃,他急着稍稍自夸一下,因为他刚刚到达伦敦就见到了所有人。但是这个贪吃的人,真是她见过的所有人里最贪吃的了,米莉·布拉什这样想着,她以坚定不移的正直的标准来观察男人,看他们是否能保持长久的忠诚,尤其是对待和她一样的女性,即使她皮肤糟糕,瘦骨嶙峋,完全没有所谓的女性魅力。

"你们不知道谁在这儿吗?"布鲁顿夫人突然想到,"我们的老朋友,彼得·沃尔什。"

他们都笑了起来。彼得·沃尔什啊!达洛维先生是真的很开心,米莉·布拉什想着,但是惠特布雷德先生只想着他砂锅里的鸡肉。

彼得·沃尔什!布鲁顿夫人、休·惠特布雷德和理查德·达洛维这三个人,都还记得同一件事——彼得是如何完完全全地陷入爱情,又是如何被拒绝;远赴印度,又经历了怎样的挫折;把事情搞得一团糟;但是理查德·达洛维还是相当喜欢这个亲爱的老朋友。米莉·布拉什也看出来了,从达洛维棕色的眼眸里她看出了深沉,也看出了他的犹豫和思量，这勾起了她的兴趣。达洛维先生常常能勾起她的兴趣，她十分好奇，提到彼得·沃尔什，他到底在想些什么？

彼得·沃尔什曾经是深深爱着克拉丽莎的，他吃完午饭就要直接回去找她，他要明明白白地告诉她，他是爱她的。对，他要这样说。

米莉·布拉什一度沉醉于这种静默，达洛维先生总是这么值得信赖，而且谦和有礼。四十岁的布鲁顿夫人只要点个头或者头部突然转动一个微小的角度，米莉·布拉什都能收到她的信号，不管她当时是沉浸在如何深沉的思考中。那思考来自一个从未被生活腐蚀的灵魂，因为生活从没有给过她一点恩赐，哪怕稍微有点价值的东西，她没有好看的卷发、甜美的微笑、漂亮的脸蛋、挺拔的鼻子，什么都没有；但是只要布鲁顿夫人点下头，她就会招呼帕金斯去催一催咖啡。

"对，彼得·沃尔什已经回来了。"布鲁顿夫人说。其他人都稍稍有些得意。他回来了，灰头土脸，狼狈不堪，又回到这个"安全区"。不过如果要帮他的话，他们想了想，几乎是不可能的，他的性格有缺陷。休·惠特布雷德说，有种办法是可以的，就是和某某人提起彼得的名字。但是一想到给政府机关的首脑们的信里写着"我的老朋友，彼得·沃尔什"这些话，他很自然地皱起眉，显得有些为难，因为这些都不会有结果——更不要说可以换来他一生顺利，还是因为彼得的性格。

"和女人纠缠不清吧，"布鲁顿夫人说。他们全都猜到这个才是症结所在。

"但是，"布鲁顿夫人急切地想换个话题，"我们会从彼得自己口中听到完整的故事的。"

（咖啡上得很慢。）

"那他住在哪儿？"休·惠特布雷德小声问道。整日围在布鲁顿夫人身边身着灰衣的仆人们马上就有了反应。仆人们负责整理杂物，将她细心呵护，为她阻挡危险、抵御冲击，就像一张精致的网，保护着布鲁克街的这间房子，而房子里的一切，都在精准地运转着。头发已经花白的帕金斯，已经跟了布鲁顿夫人三十年，把写下的地址递给惠特布雷德先生。惠特布雷德拿出他的小笔记本，挑了挑眉毛，然后把写着地址的纸片夹在了最重要的文件里,说他会让伊夫琳去请彼得共进午餐。

(他们在等着惠特布雷德先生吃完后上咖啡。)

休吃得真慢,布鲁顿夫人心里这样想。她发现他有些发胖了。而理查德总是保持健康的状态。她开始厌倦了,她全身上下都积极地、果断地,也是跋扈地把所有无关紧要的事情(关于彼得·沃尔什的事)抛诸脑后,好把注意力都集中在她关注的事情上,而且那件事不仅仅吸引了她的注意力,更占据了她的灵魂,那是她米莉森特·布鲁顿之所以能成为米莉森特·布鲁顿的最重要原因;那件事就是让一些出身显赫的青年男女移居到加拿大,并在那里给他们一个光明的前途。她其实夸张了,她大概是失去了她的平衡感。移民对于其他人来说并不是什么显而易见的好出路,也不是什么崇高神圣的概念。移民对他们(对休、理查德,甚至对布拉什小姐来说都一样)来说,根本不能解放压抑的自我,而一个身体健壮、营养过剩、出身名门、直接冲动、感情露骨、不知反省(明朗而简单——为什么每个人不能是明朗而简单的呢?她也很疑惑)的女人,一且年华老去，她内心就会有一种感觉翻涌而出，必须找个目标作为情绪的释放口——可能是移民，可能是解放；但是无论这个情绪出口是什么，这个目标都日日夜夜紧紧围绕着她的灵魂，必然变得异彩纷呈，熠熠生辉，一半是镜子，一半是宝石；一会儿小心翼翼地藏起来怕其他人对此冷嘲热讽，一会儿又拿出来骄傲自豪地向大家展示。简而言之，移民已经变成了布鲁顿夫人的很大一部分。

但是她必须写信。她过去常常对布拉什小姐说，给《泰晤士报》写封信比组建一支南非远征军（正如她在战争期间所做的那样）还要麻烦。在一个上午的写好撕掉、撕掉重写的写作战役之后，她感到了在其他情况下未曾感受过的身为女性的无用，她再想到休·惠特布雷德时已经心怀感激。毋庸置疑，惠特布雷德具有给《泰晤士报》投稿的天赋。

一个和她完全不同的人，他如此精通语言，能够按照编辑的喜好来组织文章；对此，他充满了不能简单地被称为贪婪的热情。布鲁顿夫人痛常不会草草地对男性做出判断，因为他们之间的默契和宇宙的运行规律不谋而合，而女性不是这样,这一点让她对男性抱有尊重;他们知道如何写文章,也能够理解对方的话语;所以如果是理查德给她提建议,或者休替她写信,那就没什么问题了。所以她允许休吃他的舒芙蕾(蛋奶酥,源自法国),允许他去问候伊夫琳;她一直等着,直到他们抽完烟,才说道:

"米莉,去把信纸拿过来吧。"

布拉什小姐走出去,拿着信纸回来,把它们放在桌子上;休拿出了他的钢笔,这支银质钢笔,他已经用了二十年了,他一边说着,一边拧开笔帽。这笔仍然像新的一样,他把这支笔拿去给制造商看过,他们说,这笔是不会磨损的;但这要归功于休,也要归功于这支笔被赋予的感情(理查德·达洛维是这么觉得的)。休开始认真地写下花体的大写字母,这奇迹般地使布鲁顿夫人混乱的想法变得脉络清晰。布鲁顿夫人觉得,就连《泰晤士报》的编辑,看了这样神奇的变化,也一定会肃然起敬。休写得很慢。他是十分固执的。而理查德觉得人必须要冒点险。休建议考虑到大家的感受最好写得语气和缓一点,理查德因为这个嘲笑他的时候,他刻薄地反唇相讥,"当然是要考虑的"。

他读出来"因此,我们认为时机已经成熟……人口日益增长过程中过剩的青年……我们亏欠死者的……"理查德觉得这些简直是废话,但是,放在里面的确也没什么坏处,休继续打着草稿,按照字母表的顺序逐条罗列出重点,一边掸着掉落在背心上的雪茄灰,时不时地总结一下他们的进度,直到最后他念出这封信的草稿,布鲁顿夫人确信这称得上是一件艺术品。这是她想表达的意思吗?

休不能保证编辑会刊登这封信,但是他在明天的午宴上会见到某位大人物。

于是布鲁顿夫人,这个几乎没有过得体之举的女人把休给她的康乃馨都塞在裙装前襟的衣袋里,猛地把手伸出去,称呼他为"我的首相!"如果没有他们,她真不知道自己会做些什么。他们从座位上起身。理查德·达洛维像往常一样,慢慢悠悠地走过去看了看将军的画像,因为他打算闲下来的时候,写一部布鲁顿夫人的家族史。

米莉森特·布鲁顿为她的家族感到骄傲。但是看着画像,她说,他们可以再等一等,那意思是,她的家族中,有军官,有官员,也有舰队司令,都是尽到了他们责任的实干家;

理查德的首要责任,也是他对国家的责任,这是振奋人心的,她说;所有的文件都已经在奥德米克斯顿准备好了,只要时机一到,他就可以直接使用,她指的是工党执政的时候。"啊,来自印度的消息啊!"她喊道。

后来,当他们站在大厅里,从孔雀石桌子上的一个大碗中拿出黄色手套时,休以相当没必要的礼貌给了布拉什小姐几张没人要的票,或是其他差不多的小礼物,她打心底里不喜欢这种事,脸涨红得像一块红砖头。理查德把帽子拿在手里,转过身去对布鲁顿夫人说道:

"我们还会在今天晚上的宴会上相见吧?"听了这话,布鲁顿夫人一下恢复了被写信毁掉的华贵气度。她也许会来,也许不会。相比克拉丽莎的精力旺盛,这种宴会让布鲁顿夫人觉得太过疲惫了。不过,她年纪越来越大了。她站在自家门廊这样说着,她站得笔直,小狗趴在她身后,布拉什小姐捧着文件退到不显眼的地方。

布鲁顿夫人略显笨拙地,庄严而缓慢地上楼回到她的房间,躺在沙发上,一只胳膊直直地伸出去。她叹了口气,微微打着鼾,但她并没睡着,她只是头愈发沉重,昏昏沉沉,像是躺在六月的骄阳照耀下的苜蓿地里,蜜蜂在其中飞来飞去,还有黄色的蝴蝶。她总是想象着回到德文郡的原野,在那里,她骑着小马帕蒂,跟她的兄弟莫蒂默和汤姆一起跨过小溪。那里有许多狗,还有许多老鼠,她的父母坐在树荫下的草坪上,把茶具摆在外面,周围遍地是大丽花、蜀葵和蒲苇;而他们,这些小坏蛋,真是太淘气了!他们为了不被人发现,偷偷地从灌木丛里跑回去,总是把衣服弄得破破烂烂、脏兮兮的。老保姆过去就常常唠叨她又把衣服弄脏了!

啊,天哪,她想起来了——今天是星期三,现在是在布鲁克街。她的那些好心的伙伴们,理查德·达洛维、休·惠特布雷德顶着烈日穿过一条条街道走了,街道上的汽车轰鸣声甚至传到了躺在沙发上的她的耳朵里。她有权力、地位、金钱。她也曾走在她所处的时代的前沿。她也有过要好的朋友,也结识过当代最有才华的男人。伦敦的喃喃声向她涌来,她放在沙发靠背上的手握住想象中的权杖,就像她的祖辈曾经手握的那种。她握着权杖,指挥着军队向加拿大前进,而那两个好心的伙伴正穿越伦敦,穿越自己的领地,穿越那个像块小地毯的地方——梅菲尔①。

他们走了,距离她越来越远了,他们通过一根细线和她相连(因为他们三个一起吃了午饭),在他们穿越伦敦的同时,这根线不断地拉伸,变得越来越细;仿佛一个人和他的朋友们一起吃过午饭之后,就会有一条线,把他们的身体连在一起,这根线(在她打瞌睡的时候)就会随着钟声、报时声变得颤颤巍巍。就像雨点滴落在一根蛛丝上,把蛛丝压断了一样。就这样她睡了过去。

就在米莉森特·布鲁顿躺在沙发上,任凭那根细线断掉,并且发出鼾声的时候,理查德·达洛维和休·惠特布雷德正在康特街拐角踌躇。两股风在街角互相"推搡"。他们看向街边商店的橱窗,他们不是要买东西,也不想说话,只想分开,仅仅是因为两股反方向的风在街角相遇,来自上午和下午的两股力量在漩涡中相会,造成了身体节律的短暂中止,所以他们停了下来。有家报纸的布告突然被卷

---

① 梅菲尔区(Mayfair)是伦敦的上流社会住宅区,毗邻绿树如荫的海德公园(Hyde Park)。

到了天上，起先像一只风筝，然后停了一下，摇摇晃晃地俯冲下来，像是一位女士的面纱，在空中飞舞着。黄色的遮阳棚在风中颤抖。路上的车流速度已经比上午慢了不少，常有单人马车在近乎空旷的道路上肆无忌惮地嘎吱嘎吱地前行。在理查德·达洛维三心二意地想着诺福克时，一股温暖柔和的风吹过，花瓣向中心聚拢，水波荡漾，吹动点缀着鲜花的草地。制作干草的工人们，经过一上午辛苦的劳动之后，在树篱下小憩一会儿，他们拨开绿色的叶子和一簇簇摇摆着的欧芹，望向天空，望向湛蓝的、一动不动的夏季炽热的天空。

理查德·达洛维意识到自己正盯着一只詹姆士一世时期的双柄银质杯子看，而休·惠特布雷德正以鉴赏家的傲慢姿态注视着一条西班牙项链，他想问问价钱，或许伊夫琳会喜欢它——但是理查德还是觉得提不起精神，不能思考，也动弹不得。生活制造出这无聊的光景；商店的橱窗里摆满了五颜六色的人造宝石，人们站在那，像无精打采的老人，僵硬得像刻板的老古董，向里张望。伊夫琳·惠特布雷德可能会买这条西班牙项链——她很可能会买。他打了个呵欠。休已经在往商店里面走了。

"随便你!"理查德说着,也跟了进去。

天啊,他其实根本不想和休一起去挑项链。但是他体内有一股潮流。上午和下午的相遇。像一只小船在洪流的裹挟中摇摇欲坠,布鲁顿夫人的曾祖父和曾祖父的回忆录,还有他在北美洲领导的战役都被淹没了,沉入水底。米莉森特·布鲁顿也是一样。她也沉入水底了。理查德根本就不关心移民建议的结果,也不关心那封信是否会被编辑登在报纸上。那串西班牙项链被休修长的手指把玩着。如果他一定要买珠宝,就要送给女孩子——街上哪个女孩子都行,随便哪个女孩子。因为理查德强烈地感觉到,给伊夫琳买项链是件多么没有价值的事情。如果他有了儿子,一定要跟他强调,工作,工作。但是他有伊丽莎白,他很喜欢他的伊丽莎白。

"我想要见一见杜本内先生。"休用他世故的语气简短地说。原来这位杜本内先生有惠特布雷德太太颈围的测量数据,更令人感到奇怪的是,他了解她对西班牙珠宝的看法,还有她有多少类似这样的首饰(这些休都已经不记得了)。这些在理查德·达洛维眼中都是极为奇怪的。他从来没有给克拉丽莎买过礼物,除了两三年前给她买过一只手镯,但那个礼物很不成功。她从来都没戴过。她从没戴过他送的手镯,这让他一想到就很难过。就像一根蛛丝飘来飘去之后附在一片叶子上,理查德的思想从无精打采的倦怠中脱离了出来,现在都集中在他太太克拉丽莎身上,彼得·沃尔什曾那样热烈地爱过她;理查德眼前突然浮现出午宴上的场景,他和克拉丽莎的样子,他们共同生活的情景;他把装着古董首饰的托盘拿到自己面前,一会儿拿起这枚胸针,一会儿拿起那枚戒指,"那个多少钱?"他问,但是他又怀疑自己的品位。他想要打开客厅的门走进去,手里拿着一件东西,那是给克拉丽莎的礼物。但是送什么呢? 休又抬腿往前走了,他有种说不出的傲慢。真的,跟这家店来往已经三十五年了,休不能忍受让一个初出茅庐的小伙子出来敷衍他。这样看起来杜本内先生确实出去了,如果杜本内不在的话,他是不会在店里买任何东西的;那个年轻人的脸唰地就红了,然后端正地鞠了个躬,这一切都非常合乎礼仪。但是对理查德来说,就是要了他的命他也不会这样说话的！他想不出这些人怎么能容忍这种可恶的傲慢。休正在成为一头令人难以忍受的驴。理查德·达洛维跟他在一起最多只能容忍他一个小时。理查德挥了挥他的礼帽告辞了，在街口转了个弯。他非常急切，是的，非常急切地想要沿着那条联系着他和克拉丽莎的 "蛛丝"回去，他要直接去找她，回到威斯敏斯特去，回到她身边。

但是他还是想要拿点什么礼物进门。花怎么样？对，就是花了，因为他并不相信自己对于黄金饰品的审美能力；多少枝花都可以，玫瑰、兰花都可以，用它们庆祝任何事，你可以天马行空地设想；他对她的感情在大家午宴谈及彼得·沃尔什时迸发了；他俩从没聊过他们之间的爱情，这么多年都没有过；他手里紧紧抓着一束薄纸包着的红玫瑰和白玫瑰，心想，没和她聊过感情真是世界上最大的错误。时机正好的时候他又说不出口了，他太过害羞，他一边这么想着，一边把刚刚找零的几个便士放进口袋，然后把那一大束花捧在胸前走向威斯敏斯特，把花递给她，就直截了当地说"我爱你"（管她会怎么想他呢）。为什么不这样呢？想到战争他都觉得神奇，成千上万的年轻人，漫长的人生路还没有走完，就变成尸骨被铲到了一起，但这些已经被遗忘得差不多了，真是个奇迹，他现在穿越伦敦只是为了直截了当地告诉克拉丽莎他爱她。他觉得，他从没说过这些话，一是因为懒惰，二是因为害羞。而克拉丽莎——真是很难想象她的样子；除了一些很突然的时候，就像在午宴上，他清清楚楚地看见了她，看见了他们共度的生活。他在路口停了下来，重复道——他天性纯良，不卑不亢，行过军、打过仗；他坚忍不拔，维护受压迫的人，在下议院坚持自己的主张；他保持着自己单纯的天性，同时也变得沉默寡言，甚至有些拘谨——他重复道，他能娶到克拉丽莎真是个奇迹，是个奇迹——他觉得，他的整个生活都是一个奇迹。他犹豫要不要过马路，但是当他看到五六岁的小孩子独自穿过皮卡迪利街时觉得血脉贲张，警察应该立刻让来往车辆都停下让行。他对伦敦警方不抱任何期望。实际上，他正在收集他们徇私舞弊的证据。他们不允许那些水果小贩把手推车停在街边；还有妓女，上帝啊，她们并没有什么错，那些年轻的嫖客们也没什么错，错误在于讨厌的社会制度或者其他什么；他头发灰白、神情坚定、衣冠整齐。他要穿过公园,对他的妻子说他爱她。

　　达洛维在走进家门的时候,要对克拉丽莎说我爱你。因为不把自己的感情表达出来真的是太遗憾了,他一边这样想着,一边在格林公园中穿行,他看着一个个并不富裕的家庭在树荫下随意坐着,孩子们蹬着腿,喝着牛奶,他开心地看着这样其乐融融的场景。纸袋被扔得到处都是,(如果人们提出抗议的话),那些穿着制服的大腹便便的工作人员很容易就能把它们捡起来。按照他的想法,每个公园、每个广场夏天那几个月都应该对孩子们免费开放(公园的草地闪着粼粼的光,照在威斯敏斯特那些生活穷苦的妈妈和她们还不会走路的孩子们身上,仿佛黄色的灯光流转)。但是他不知道他能为那些女流浪者们做些什么,就比如那个头枕着胳膊躺着的可怜的女人(那样子好像是挣脱了所有的束缚,往地上一躺,满怀好奇地观察,大胆地猜想,思考那些缘由,她看起来粗鲁无礼,说话不经大脑,举止滑稽)。理查德·达洛维拿着花的样子像是在拿着一件武器往前走,他距离她越来越近,他心无旁骛地从她面前经过;然而他们还是在四目相对的一瞬间擦出了火花——

她对他笑了笑，他也回以绅士的一笑，他还在思考女流浪者的问题；他们是不会交谈的。但是他要直截了当地告诉克拉丽莎他爱她。曾经有那么一段时间，他嫉妒彼得·沃尔什，嫉妒他和克拉丽莎之间的感情。但是克拉丽莎常常对他说她不嫁给彼得·沃尔什是个正确的选择；他也知道，这句话显然出于真心，他了解克拉丽莎，她需要别人的支持。那并不代表她软弱，她只是想要支持。

至于白金汉宫（就像一位穿一袭白衣的上了年纪的歌剧演员），无可否认，它自带肃穆庄严的气派，他想，但还是没办法轻视它，毕竟对数以百万计的人们来说，它还是一种象征（一群人堵在门口等着看一眼国王出宫的车驾），尽管这很荒唐可笑；他觉得一个小孩子用一盒积木都能搭出更好看的东西来；他看着维多利亚女王的纪念碑（他还记得女王的车驾经过肯辛顿的时候戴着角质边框的眼镜），那纯白无瑕的碑身，那直到现在还被人们铭记的慈爱形象；但他喜欢被霍萨①的后裔统治；他喜欢那种持续性，把古老

---

① 霍萨：盎格鲁-撒克逊领袖，五世纪时入侵英格兰。

的传统代代相传的感觉。这是一个伟大的时代。确实,他自己的生活就是个奇迹;他对此并不怀疑;现在,他正当壮年,年富力强,他正走向威斯敏斯特的家,他要去告诉克拉丽莎他爱她。他想,这就是幸福啊。

就是幸福,他又念叨了一声,他已经走到了迪安斯亚德街。大本钟敲响了,起先是悠扬的预报,然后是报时声,铿锵有力。午宴浪费了他整个下午,他在这么想的时候,已经走到了家门口。

大本钟的报时声也传进了克拉丽莎的客厅,她正焦虑又愤怒地坐在客厅的写字台前。她确实没有邀请埃莉·亨德森来参加晚宴,她是故意这么做的。可是现在马莎姆太太却来信说她已经告诉埃莉·亨德森她会问问克拉丽莎——因为埃莉真的很想来参加晚宴。

但是为什么她就得邀请伦敦所有无所事事的太太们来参加她的宴会呢?为什么马莎姆太太要来横插一脚?还有,伊丽莎白总是和多丽丝·基尔曼关在屋子里腻在一起。此时,她想不到比和那样一个女人在一起祈祷更令人反感的事了。大本钟的报时声那沉郁哀伤的音浪充满了整个屋子,逐渐消散，又重新聚集起来，这时她隐隐约约地听到有什么东西在笨拙地划着门。这个时候会是谁呢？三点了，天哪！已经三点了！因为这时大本钟以它压倒性的声音，以它不可侵犯的威严敲了三下，除此之外她什么都没听见；但是门把手转了一下，然后理查德走了进来！太意外了！理查德走了进来，手里还拿着给她买的花。她曾经让他失望，那一次是在君士坦丁堡，传说中布鲁顿夫人的午宴极其有意思，但是没邀请她。他举着花——玫瑰，红色的和白色的。（但是他没说他爱她，他真的没办法直接说出口。）

她接过他的花，感慨了一句："真好看啊！"她都了解的，他不说她也知道，他的克拉丽莎。她把玫瑰花插在壁炉上的花瓶里。这些花看上去是多么可爱啊！"午宴怎么样，有趣吗？"她问。布鲁顿夫人问候她了吗？彼得·沃尔什回来了。马莎姆太太的来信里提到了。她一定要邀请埃莉·亨德森吗？那个女人基尔曼还在楼上。

"我们一起坐一会儿吧，"理查德说。

家里看着空荡荡的，所有的椅子都摆放在墙边。他们在做什么呢？哦，对，这是在准备宴会；他没忘记还有晚宴这回事。彼得·沃尔什回来了。对,他们已经见过了,彼得就要离婚了,他爱上了一个印度女人。他的性格真是一点没改变。克拉丽莎就坐在那,缝缝补补……

"想到了博尔顿,"她说。

"午宴的时候休也一起,"理查德说道。她也见过他了!他变得愈发让人难以容忍。给伊夫琳买项链,身体也发福了;就像一头让人难以忍受的驴子。

"我突然想到'我本来可能会嫁给你的。'"她说,想着彼得戴着小领结坐在那儿的样子,拿着一把小刀,打开、折起,翻来覆去。"就像他平时那样,你知道的。"

理查德说,他们在午宴的时候聊起了彼得。(但是他还是没法把对她的爱说出口。他握着她的手。他想,这就是幸福啊。)他们还一起替米莉森特·布鲁顿夫人给《泰晤士报》写了一封信。休真是适合做这种事。

"还有,我们亲爱的基尔曼小姐呢?"理查德问起。克拉丽莎觉得玫瑰花漂亮极了,起初花瓣还是聚拢在一起的,现在已经完全展开了。

"基尔曼是在我们刚吃完饭的时候到的,"她说,"伊丽莎白的脸一下就红了。她们关起门来,我倒希望她们是在祈祷。"

上帝啊!他可不喜欢这个,但是这些事你只要不管它就会过去的。

"她身穿雨衣,还拿着雨伞,"克拉丽莎说。

他还是没有说"我爱你",但是他始终握着她的手。这就是幸福吧,他想。

"但是我为什么要邀请伦敦所有无所事事的太太们来参加我的宴会?"克拉丽莎说。如果马莎姆太太举办一个宴会,不也是她自己来邀请客人么?

"可怜的埃莉·亨德森,"理查德说。他觉得克拉丽莎如此在乎自己的宴会十分古怪。

但是理查德对这个房间应该是什么样子没有任何概念。但是——他要说什么来着?

如果早知道她为了这个宴会如此费心,他是不会让她举办这个宴会的。她想要嫁给彼得吗?但是理查德必须离开了。

他得走了,他站起来说,但是他定定地站了一会儿像是要说些什么;克拉丽莎也想知道他要说些什么。为什么买了花回来。

"去那个委员会?"在他打开门的时候她问。

"关于亚美尼亚人的那个,"他回答。也许他说的是"阿尔巴尼亚人"。

每个人都有尊严,还有独属于自己的孤独,即使是夫妻之间也有一条无法跨越的鸿沟;这是人们必须尊重的,克拉丽莎看着理查德打开门的时候心里这么想着;因为你不会主动抛弃它,也不能违背丈夫的意愿去剥夺他的尊严,不然就会失去独立,失去自尊——毕竟,这些对于每个人来说都是无比珍贵的。

他抱着枕头和被子回来了。

"午饭之后要好好休息一个小时,"他说完就离开了。

这就是他!他会一直说"午饭之后要好好休息一个小时"直到时间尽头,因为有位大夫曾经这样建议。他就是这样的,一点不差地按照大夫的要求去做;这就是他讨人喜欢的地方,没有人能像他一样那么简单;让他去做他自己的事,而她和彼得总是为了无关紧要的小事争吵。理查德让她躺在沙发上，欣赏他买的玫瑰花，此时他已经在去下议院的路上了，去讨论关于亚美尼亚人或者阿尔巴尼亚人的事。大家总是说："克拉丽莎·达洛维被宠坏了。"比起那些亚美尼亚人，她更在意她的玫瑰。亚美尼亚人是暴力和不公的受害者，他们被驱逐、被迫害、饥寒交迫（她听理查德说过很多次）——她对阿尔巴尼亚人或是亚美尼亚人，没什么感觉。但是她爱她的玫瑰（这帮不到亚美尼亚人吗？）——玫瑰是唯一一种她可以接受看着它们被剪下来的花。理查德已经到下议院了；他解决了他所有的麻烦，已经在开会了。但是不，不对。他还是不明白为什么她不请埃莉·亨德森来参加宴会。当然，她会邀请埃莉·亨德森来，像他所期待的那样。她躺在他拿过来的枕头上……但是——但是——她为什么突然觉得不开心呢，无缘无故地就不开心了。她就像是把珍珠或者钻石不小心掉在草丛里的人，小心翼翼地拨开高高的草叶，这边找找，那边找找，最后在草丛的根部发现了它，她就这样一桩桩一件件地回想着；不是，不是因为萨莉·西顿说理查德没有聪明的脑子所以永远都进不了内阁（她突然想起了这话），她根本就不在乎这些；也不是因为伊丽莎白，和多丽丝·基尔曼也没什么关系；那些都是事实。她觉得不开心，那就是一种感觉，可能是从早上开始有的，是因为彼得说了什么，她在卧室里摘下帽子的时候还感到有些沮丧感，再加上理查德说的话，但是理查德说了些什么呢？那儿是他买给她的玫瑰花。她的宴会！对，她的宴会！就是因为她的宴会，他们两个人都没头没脑地批评了她，还很不讲究地嘲笑她，就是因为宴会！因为宴会！

那她该怎么为自己辩解呢？她已经找到了不开心的症结所在，所以又开心起来了。他们都觉得，或者说至少彼得觉得，她就是喜欢引人注意，喜欢混迹于社会名流和那些大人物之间，简单来说就是势利。彼得很有可能就是这么想的。理查德觉得她明知道那样令人激动的场面对她的心脏不好，还那样追求刺激是很愚蠢的。他觉得那样很幼稚，但是他们两个都想错了。她喜欢的就是生活本身。

"那就是我举办宴会的原因。"她大声对生活说。

因为她一个人躺在沙发上，什么都不必做，她感受到的东西变得真实存在；街道上传来明快的汽笛声，带着热浪拂过百叶窗的窗帘。但是如果彼得问她："是，是，但是你那些宴会——它们有什么意义呢？"那她只能说（她不期待任何人能理解）：那是一种奉献。听起来很含糊。但是彼得怎么能认为生活一帆风顺呢——他总是陷入热恋，总是爱错了人。你的爱是什么？她或许可以这样问他。而且她知道他会怎么回答。爱是这个世界上最重要的东西，但没有一个女人能理解爱。不过男人能理解她吗？理解她的生活吗？她怎么都想象不到彼得或者理查德大费周章地准备一场无缘无故的宴会的样子。

但是更深入地想想，脱离了表达的限制（这些判断是多么流于表面，多么不堪一击啊！）被她称之为生活的东西到底对她意味着什么呢？真是太奇怪了。有人在南肯辛顿州，有人在贝斯沃特，也有人在，比如说，梅菲尔。她逐渐能感受到他们的存在；她感到这是多么浪费，也感到莫大的遗憾；她想如果大家都聚在一起该有多好，所以她就这样做了。她觉得这是一种奉献，把人们联系起来，创造机会；但这都是为了谁呢？

也许，就只是为了奉献而奉献。无论如何，这都是她的天赋。除此之外,她就不会做其他有意义的事了;她不会思考,不会写作,甚至连弹钢琴都不会。她搞不清亚美尼亚人和土耳其人;她喜欢成功,不堪忍受辛苦,废话连篇;直到今天,问她赤道是什么她都不知道。尽管如此,日子还是一天天地过下去,周三、周四、周五、周六这样过下去;她清晨醒来,推开窗看一看天空;去附近小公园散散步;去探望一下休·惠特布雷德;然后彼得走了进来,之后就是这些玫瑰花;这些就够了。尽管之后的死亡令人难以接受——但是一切都会结束的。整个世界都没有人知道她有多么热爱这一切,每时每刻……

门开了。伊丽莎白知道她妈妈在休息,悄悄地走了进来,静静地站在那。是不是一百多年前,一个蒙古人的船在诺福克的海岸出了事故,和达洛维家族的某个女性结了婚?因为达洛维家族的人大多是金发碧眼的,但是伊丽莎白正相反,她有一头乌黑的长发,苍白的脸上长着一双东方人的眼睛,有种来自东方的神秘感;她体贴温柔,少言寡语。她小时候很有幽默感,现在她十七岁了,却变得严肃沉默,克拉丽莎也不太知道为什么。她像是被绿油油的叶子包裹的风信子，花苞上浅淡的颜色，像是一株没见过阳光的风信子。

她静静地站在那看着她的母亲，但门是掩着的，克拉丽莎知道门外就是基尔曼小姐，她穿着雨衣，在听她们讲话。

是的，基尔曼小姐就穿着雨衣站在外面平台上，她穿雨衣是有原因的。第一，因为雨衣很便宜；第二，她已经四十多岁了，打扮也不是为了要讨谁欢心。还有就是她很穷，不然她也不会来达洛维家工作；这些有钱人，总是喜欢表现出善良的样子。说实话，达洛维先生一直都是很和善的，但是达洛维夫人就不是这样了。她只是热爱施予。她出身于最富裕的阶级，但是缺乏教养。他们家里名画、地毯这种价格不菲的东西随处可见，还有很多仆从。她觉得达洛维家族给予自己这一切都是应该的。

她被骗了。当然，这话并非夸张，无疑每个女孩子都有幸福的权利吧？但她从没感受过幸福，她既笨拙又穷困。她本来得到一个在杜比小姐的学校供职的机会，但战争爆发了；她向来不会说谎。杜比小姐觉得和一个在德国问题上与她持相同看法的人相处会快活点吧。基尔曼不得不从学校离开。她的家族有德国血统,这是事实。18世纪的时候,他们的姓氏是拼作"Kiehlman"的,但是她的哥哥被杀了。学校劝退了她,因为她不愿意承认德国人都是坏人——她还有德国朋友,在德国,她度过了一生中最快乐的时光!然而毕竟她也看看史书。她只能珍惜每个工作机会。达洛维是在基尔曼给协会工作的时候偶然遇见她的。他让她教女儿历史(他真是好心肠),她也稍微教点课外延伸的知识。终于上帝眷顾她了(说到这儿的时候她总是微微颔首)。她是在两年零三个月前迎来转机的,现在她已经不嫉妒克拉丽莎·达洛维这样的女人了,对她们只有怜悯。

当她站在柔软的地毯上,观赏一幅画着一个戴皮手套的小女孩的古董雕画的时候,她打心底里怜悯和看不起克拉丽莎这样的女人。她们的生活那么奢靡,还会期待什么更好的呢?"我母亲正休息呢,"伊丽莎白说。可她这时不应该躺在沙发上的,她应该在工厂里工作,或者站在收银台后面,达洛维夫人以及所有其他的贵妇人都应该这样的!

两年零三个月之前,愤愤不平、怒火中烧的基尔曼小姐走进了一间教堂。她听了爱德华·惠特克牧师讲道,听了唱诗班小男孩的歌声，看到了神圣的光芒。不知道是因为音乐，还是人们交谈的声音（她夜里独自一人的时候常常拉小提琴聊以自慰，但是她的琴声极为糟糕，她完全没有音乐天赋），她心中翻腾着的汹涌激荡的感觉在她坐在那儿的时候平息了下来，眼泪像断了线的珠子一样流下来，然后她去了惠特克先生在肯辛顿的私人府邸拜访。他告诉她，这是上帝的援助，是上帝在给她指引方向。所以现在，每当她内心涌起激烈、痛苦的感情，对达洛维太太充满仇恨，对世界充满怨念的时候，她就会想起上帝，想想惠特克先生，然后这种激烈的情绪就会平复下来。一种甜蜜的滋味充斥着她的血液，她丹唇轻启，穿着雨衣站在外面的平台上，面色令人生畏，她目光平和宁静却含着危险的气息，注视着和女儿一起走出来的达洛维太太。

伊丽莎白说她落下了手套，其实是因为基尔曼小姐和自己的妈妈看不对眼，她没办法看她们在一起。她跑上楼去找她的手套。

其实基尔曼小姐已经没那么讨厌达洛维太太了。基尔曼小姐用她大大的栗色眼睛看向克拉丽莎，看着她粉嘟嘟的小脸,看着她纤弱的身躯和她周身新鲜的时尚感,却想着,克拉丽莎你真是个笨蛋!傻瓜!你不知道什么是悲伤,什么是快乐,你就这样挥霍生命!她的身体突然升起一股强烈的渴望,征服她,揭开她的伪装。如果能把克拉丽莎打倒在地,她会倍感轻松。但是她想打倒的不是肉体,而是灵魂,还有克拉丽莎所有的伪装。她要让克拉丽莎感觉到自己是被统治的,要是能让她流泪,折磨她,羞辱她,让她跪在地上哭喊:你是对的!不过这是上帝的指示,并非基尔曼小姐自己的意愿,这是信仰的胜利。所以她怒目而视。

克拉丽莎十分震惊。这个基督教徒——这个女人!这女人从她身边夺走了她的女儿!这个女人和凡人看不见的神灵有着特殊的联系。她身形笨重,面目狰狞,她非常平庸,既不和善又不仁慈,但是她明白生活的意义!

"你要带伊丽莎白去逛商店吗?"达洛维太太问。

基尔曼小姐说是的。她们站在那里。基尔曼小姐并不想让自己看起来讨人喜欢。她一直都得自己养活自己。她对现代史的理解相当透彻。她把她微薄薪水的一部分投入到她的信仰中;然而克拉丽莎这个女人什么都没做过,也没有信仰，只是把女儿养育成人——伊丽莎白过来了，那个跑得上气不接下气的漂亮的女孩子。

所以她们一起去逛商店了。奇怪的是，当基尔曼小姐站在那儿的时候，她心里的厌恶随着时间一分一秒地过去一点点地减少了，基尔曼不再恶毒，身材也显得不那么庞大，一点一点地恢复成了基尔曼本来的样子，穿着雨衣。上帝知道，克拉丽莎其实是愿意帮她的。

看着这个"怪物"一点点原形毕露，克拉丽莎笑出了声。她一边笑着，一边和她们道别。

基尔曼小姐和伊丽莎白一起走下楼。

克拉丽莎突然产生了一个念头，这个女人把女儿从她身边带走了，这让她感到十分痛苦，她弓着身子趴在栏杆上对她们喊："记得宴会！记得来今天的晚宴！"

但是伊丽莎白已经推开了前门，门前一辆货车驶过，她没应答。

克拉丽莎走回客厅，反复思忖着爱和信仰，觉得头嗡嗡作响。太可恶了，这两个东西真是太可恶了！虽然现在基尔曼小姐不在她眼前，但这个想法却压得她透不过气。

她现在认为，这世间最残忍的事，就是眼睁睁地看着那种标榜着爱和信仰的人，穿着雨衣，站在楼梯前的平台上偷听。她们是那样的臃肿、狂热、盛气凌人、虚伪善妒，没有比这更加残忍的事了。她也曾试图改变别人吗？难道她不希望每个人做他们自己吗？她转头看向窗外，那个老妇人正在颤巍巍地爬楼梯。她要上楼梯就上楼梯吧，然后让她停住，然后像克拉丽莎常常看到的那样，让她回到自己的卧室，拉开窗帘，再次消失在别人的视野中。不知道为什么人们就会尊敬这个老妇人的举动——她向窗外四处张望，并没意识到有人在注视着她。这景象带着几分庄重——但是爱和信仰会摧毁它，还有灵魂的秘密。那个讨厌的基尔曼就是要毁掉它。看着这个场景，克拉丽莎很想哭。

爱情也一样具有毁灭性。爱情会毁掉所有美好的、真实的东西。就拿彼得·沃尔什来说吧，那是个睿智迷人的男人，对什么都有自己的见解。如果你想了解教皇，或者阿狄森，或者只是想随便聊聊，比如谁是什么样的人啊，或者这件事到底有什么意义啊，彼得都可以和你聊上一番。那时是彼得帮助了她，彼得把书借给她看。但是看看他爱的那些女人啊——庸俗、普通。再想想恋爱中的彼得——时隔多年他回来看她，都说了些什么？都是他自己。激情是多么糟糕啊！她想。让人颜面扫地的激情！她又想起来基尔曼和伊丽莎白正往陆军海军用品商店去呢。

大本钟又敲响了，过去半个小时了。

她看到老太太（她多年的邻居）慢慢从窗口离开，好像依附于钟声，依附于她和钟声之间的纽带。这感觉多么特别，多么神奇，多么感人。洪亮的钟声，像在指引着老太太。钟声像手指一样伸入平凡的事物中，让这个时刻变得庄重。克拉丽莎想象着，这个老妇人是被钟声驱动的，但是她要去哪儿呢？克拉丽莎的目光追随着她，尽管她已经消失在转角处了，但是还能依稀看见她头上戴着的白帽子在卧室后面移动。她还在卧室那一头走来走去。为什么还要理会那些宗教信仰、经文祷告和那些雨衣呢？克拉丽莎觉得，那就是奇迹，那就是神秘；当然，她指的是那位老妇人，克拉丽莎能看见她从衣柜走向梳妆台。她还是能看见她。基尔曼或许可以说自己解开了这个最大的谜团，彼得也可以说自己解开了这奥秘，但是克拉丽莎完全不相信他们能解开，不过这个谜团的解应该是很简单的：这儿有一间屋子，那儿也有一间。宗教信仰，或者爱情能解答它吗？

爱情——但是这时另外一座钟敲响了，它总是比大本钟要晚两分钟，好像兜里揣着各种各样的小东西匆匆跑来，然后把它们全都倒在地上，仿佛在宣告，在大本钟的这种公正、威严之下，她还是可以记住各种零零碎碎的事情——马莎姆太太、埃莉·亨德森她们装冰块的杯子——各种各样的小事情互相交叠着，翻涌着，滚滚而来，紧跟着钟声，而那钟声就像是平铺在海面上的金子一样。马莎姆太太、埃莉·亨德森，还有她们装冰块的玻璃杯。她必须马上去打电话。

那个慢一点的钟，带着满兜的零碎之物，紧跟着大本钟的钟声响了起来。钟声绵延不绝，嘈杂吵闹，被路上横行的马车、霸道的货车冲撞，被无数步履匆匆的瘦削的男人和招摇的女人打乱，被办公室的圆顶、医院的尖顶碰碎，逐渐消失。衣兜里零碎物的余音像疲惫的海浪在岸上溅起的水花，溅到基尔曼小姐的身上，她就站在路中央，站了一会儿,她抱怨了一句:"这是肉体的问题。"

她必须控制住她的肉体。克拉丽莎·达洛维讽刺过她,那完全在她意料之中,但是她并不是赢家,她无法控制自己的肉体。克拉丽莎·达洛维曾经嘲笑过她相貌丑陋、身材臃肿,于是这又激起了她对于一个好看的肉体的渴望,她不愿意自己在克拉丽莎旁边是这副模样。但是她为什么要效仿克拉丽莎呢?为什么要这么做呢?她打心底里瞧不上达洛维太太。克拉丽莎太不严肃了,而且也称不上是个好人,她的生活充满了虚荣和欺骗,但是多丽丝·基尔曼却被她打败了。说真的,克拉丽莎·达洛维在嘲笑她的时候,她差点哭了出来。"这是肉体的问题,肉体的问题。"沿着维多利亚街走的时候她咕哝道(大声地自言自语是她的习惯),试图抑制这种狂躁的痛苦感觉。她向上帝祷告。她也不想长得丑陋,她也想买得起漂亮的衣服。克拉丽莎嘲笑她——不过在她走到邮筒之前,她会把注意力放在其他事情上。不管怎么样,她还是得到了伊丽莎白啊。她可以在走到那个邮筒之前想想其他的事,比如,想想俄罗斯。

那该有多好啊,她喃喃自语着,就像惠特克先生给她描述的那样,住在乡下,和自己心中怀有的对这个世界强烈的不满做斗争。这个世界轻视她,讥讽她,还抛弃她,开始是轻蔑侮辱的无礼举动——给了她一个不堪入目的丑陋身体。无论她花多大力气打理自己的头发,她的额头还是像个光秃秃、白花花的鸡蛋一样。也没什么衣服适合她,买什么衣服对她来说都一样。当然对一个女人来说,这一切意味着她没法吸引异性的目光,而她也不会主动去接触任何人。最近这段时间,对基尔曼来说,好像除了伊丽莎白,她活着就是为了吃饭、生存;为了自己舒服;为了她的晚饭、下午茶、晚上的热水瓶。但是人活着就应该奋斗、征服、信仰上帝。惠特克先生曾经说过,她活在这世上是有特定目的的。但是没有人能理解她的痛苦!他指着被钉在十字架上的耶稣像说,上帝是知道的。但是为什么她就要承受这些痛苦,而其他人,像克拉丽莎·达洛维她们就能逃脱呢?但是惠特克先生说,知识源于磨难。

她已经走过了邮筒,而伊丽莎白已经到了陆军海军用品商店的棕色的烟草牌子下面了,但是她嘴里还在念叨着惠特克先生说过的关于知识源于磨难的话,还有关于肉体问题的深层探讨。"肉体,"她喃喃自语。

要去买点什么呢?伊丽莎白打断了她。

"衬裙。"她突然说,然后径直走向了电梯。

她们上了楼。伊丽莎白领着基尔曼左逛右逛,基尔曼心不在焉的,就像一个大孩子,又像一艘笨重的战舰。衬裙都摆在这儿呢,棕色的、端庄得体的、条纹的、轻佻的、厚的、薄的,各种各样的;她心不在焉地挑选着,招呼她们的店员觉得她疯疯癫癫的。

当店员打包伊丽莎白买的衬裙的时候,伊丽莎白正在寻思基尔曼小姐到底在想些什么。这时候基尔曼小姐从她的沉思中回过神来,说她们该去喝下午茶了,于是她们就去喝下午茶了。

伊丽莎白想,基尔曼小姐是不是饿了。她总是那样一直吃,然后就一遍一遍地看着旁边桌子上的一盘翻糖蛋糕;然后,一位女士领着孩子在那一桌坐下了,小孩拿起了蛋糕,基尔曼小姐真的介意吗?是的,基尔曼小姐的确很介意。她想吃那块粉红色的蛋糕。吃东西带来的愉悦感几乎可以说是她现在唯一的快乐了,就连这点她都得不到满足!

她之前对伊丽莎白说过,人们在幸福的时候会把幸福储存起来以供日后支取,然而她就像是一个没有轮胎的轮子(她总是喜欢做这样的比喻),一碰到小石头就会颠起来。星期二上午上完课之后,她会待上一会儿,站在壁炉边说话,拿着一袋书,她把这个叫作"书包"。她也会谈论战争。毕竟,还是有人认为英国人不总是对的。他们写书、集会,观点各不相同。伊丽莎白愿意和她一起去听某人(一个品貌出众的老人)的演讲吗?于是基尔曼小姐带着她去了肯辛顿的教堂,还和一位牧师共进下午茶。她曾把书借给伊丽莎白。法律、医学、政治,所有的职业都对你们这一代女性敞开怀抱,基尔曼小姐说。但是她自己呢,她的事业完全被毁了,这是她的错吗?天哪,伊丽莎白说,不。

有时候伊丽莎白的母亲会过来问问基尔曼小姐想不想要些花,因为博尔顿那边送了一篮子东西过来。她对基尔曼小姐总是超乎寻常的和气,基尔曼小姐却把这些花扎成一束,也不会聊会儿天;吸引基尔曼小姐的事物让伊丽莎白的母亲觉得无聊,而且她们在一起简直太尴尬了;基尔曼小姐总是一副趾高气扬的样子,她相貌平平,却相当聪明。

伊丽莎白从来就没想过那些穷人。伊丽莎白她们都是要什么有什么——她的母亲每天的早餐都是在床上吃的,都是露西给她端上去的;她喜欢和那些上了年纪的老妇人来往,因为她们都是公爵夫人,都是勋爵的后代。但是在一个周二上午上完课之后,基尔曼小姐说:"我的祖父在肯辛顿开过油画颜料商店。"基尔曼小姐让人感觉如此渺小。

基尔曼小姐又拿了一杯茶。伊丽莎白的言谈举止带有东方人的影子,她的神情让人捉摸不透,她直直地坐着,不想再吃什么了。她在找她的手套——她的那双白色手套。它们在桌子底下呢。可是她却没法走了!基尔曼小姐不会让她走的!这个年轻人,长得如此美丽,又是这么惹人疼爱!她放在桌子上的两只大手摊开又合拢。

但是不知道为什么,伊丽莎白觉得生活有些单调。而且她真的想走了。

但是基尔曼小姐说:"我还没吃完呢。"

当然,伊丽莎白得等她。但这里实在是透不过气。

"你去参加今晚的宴会吗?"基尔曼小姐问。伊丽莎白说她会去,她的母亲会让她去。她肯定不会投入这些宴会的,基尔曼小姐说,一边拿起了最后一块条状巧克力蛋糕。

伊丽莎白说,她不怎么喜欢参加宴会。基尔曼小姐张开嘴,微微伸了伸下巴,把最后的巧克力蛋糕吃了,然后擦了擦手指,轻轻转动着杯子里的茶水。

基尔曼小姐觉得自己快要分崩离析了。这种痛苦的感觉实在是太过强烈了。如果她能够抓住伊丽莎白,如果能够紧紧抱住她,如果可以让伊丽莎白完全属于她,直至生命尽头,那就是她全部的愿望。但是她现在坐在这,无法正常思考,也不知道该说些什么;看着伊丽莎白对她越来越没耐心,连她自己都开始觉得自己令人厌恶——这真是够了;她无法忍受。她粗壮的手指握了起来。

"我从来不去宴会,"基尔曼小姐说,她只是为了不让伊丽莎白去。"没人邀请我去"——她说这句话时就明白了,正是这种妄自尊大毁了她;惠特克先生曾经提醒过她,但是她实在是忍不住。或许是因为她经历了太多苦难。"他们为什么要邀请我呢?"她继续说道,"我相貌平平,又十分无趣。"她知道她这样是很愚蠢的。但那些经过的人——那些背着大包小包的、鄙视她的人,使她产生了这样的想法。但是,她是多丽丝·基尔曼啊。她有学位。她这个女人在这个世界上有自己的生存方式。她在现代史方面的知识储备是令人敬佩的。

"我一点都不觉得自己可怜,"她说,"我觉得可怜的"——她想说"是你的母亲。"但是她不能说,不能对伊丽莎白说。"我觉得可怜的是其他人,"她说道,"比我可怜得多。"

伊丽莎白·达洛维安安静静地坐在那儿,就像一种被莫名其妙就带到大门口的不会说话的生物,它站在那里只想飞驰而去。基尔曼小姐还有什么要说的吗?

"千万别把我忘了,"多丽丝·基尔曼说,她的声音微微颤抖。那个生物惊恐得飞奔到原野尽头。

那双大手还是摊开又收拢。

伊丽莎白转过头来。女服务生走了过来。伊丽莎白站起来说得去前台付款,就抬腿往外走了,基尔曼小姐觉得在伊丽莎白穿过这个房间的时候,自己的内脏器官都被牵扯着,最后一扭,她礼貌地点了点头,就走了。

伊丽莎白走了。基尔曼小姐坐在大理石桌子旁边,对着巧克力蛋糕，一次，两次，阵阵痛感向她袭来。她走了。达洛维夫人赢了。伊丽莎白离开了。美消逝了，青春也一去不返。

基尔曼小姐就这么坐着。站起来，在那些小小的桌子之间跟跟跄跄地穿行，身体左摇右摆的，有人拿着她落下的衬裙追了上来，她迷了路，先是穿行在准备卖到印度去的货箱之间，接着到了卖母婴用品的地方；她仿佛穿过了这世界上所有的商品，耐用的和不耐用的，火腿、药品、鲜花、文具，都散发着各种各样的气味，有甜的，有酸的，她跟跟跄跄蹒跚前行；透过一面大镜子，她看见自己帽子歪着，脸憋得通红，步履蹒跚的自己；最后终于出了商场，走到了大路上。

威斯敏斯特大教堂的尖塔浮现在她眼前，那是上帝的栖居之所。上帝就住在这车水马龙之间。她拿着她的小包向着另一个圣殿走去，就是威斯敏斯特教堂，在那儿，坐在一同来请求庇护的人们中间，她举起双手搭成帐篷的样子放在面前；那些形形色色的祈祷者，他们不分种族，甚至不分性别，都把手举起来；但是一旦他们把手放下来，马上就表现出英国中产阶级虔诚的样子，其中一些人只是急着想要看看蜡像。

但是基尔曼小姐一直把搭成帐篷形状的手举在面前。有时候她是独自一人，有时候也有人在她身边坐下。新的礼拜者走进来，取代了那些为了看蜡像的人。当人们环顾四周，缓缓经过那些无名烈士墓的时候，她还是用手遮住自己的脸，尽管大教堂的光线已经很黯淡了。她试图在这种黑暗中，去追求那些高于虚荣、欲望和商品的东西，让自己从爱恨之中解脱出来。她的双手颤抖着。像是在与什么斗争。但是对其他人来说，上帝是平易近人的，通往上帝的道路也是平坦的。已经从财政部退休的弗莱彻老先生，还有著名的皇家法律顾问的遗孀戈勒姆夫人，他们都很容易地完成了和上帝的交流，做完祷告就往椅背一仰，听着教堂里的音乐（风琴婉转，琴声悠扬），他们看着基尔曼小姐坐在这排的最边上，一刻不停地祷告，因为他们自己就处于深渊边缘，所以同情地把她当作是和自己共处一室的飘荡的灵魂；一个无形的灵魂，不是一个女人，只是一个灵魂。

但是弗莱彻先生得走了。他不得不经过她旁边,他自己衣衫整齐,风度翩翩,不觉为这个邋里邋遢的女人感到遗憾;她的头发散乱着垂下来,包就放在地上。她没有马上给他让道。他只好站在那儿左顾右盼,一会儿看看白色的大理石,一会儿看看灰色的玻璃,还有好不容易收集起来的奇珍异宝(他真为这个大教堂感到骄傲)。她巨大的身形、健壮的身材,还有她坐在那儿不断挪动的两个膝盖(她想要接近上帝总是这么难——但她又极其渴望),这一切都给他留下了深刻的印象,正如这些也给达洛维夫人(那天下午,她的身影在达洛维夫人的脑海里挥之不去)、爱华德·惠特克牧师和伊丽莎白留下了深刻的印象。

这时候伊丽莎白正在维多利亚大街等公共汽车。室外是多么美好啊!她觉得也许自己不必现在就回家。在外面呼吸新鲜空气多好啊!于是她决定坐公交车兜风。就在她穿着裁剪合身的衣服站在那儿的时候,这一切就已经开始了……人们开始把她比作白杨树、拂晓、风信子、小麋鹿、流水,还有花园中的百合;可这使平常生活成了她的一种负担,因为她更喜欢像从前在乡下那样去做自己想做的事,而不是被他们这样比作百合,而且她还不得不去参加那些宴会,与她在乡下陪着她的父亲和狗的那些日子相比,伦敦的生活实在是太过乏味。

公共汽车驶来了,停下,又驶离了——一辆接着一辆,漆着红色和黄色的油漆,闪烁着耀眼的光芒。但是她该上哪辆车呢?她倒没什么偏好。当然,她不会往上挤的。她倾向于顺其自然。她脸上没有表情,不过她的眼睛生得十分好看,是中国人那种东方式的眼睛,就像她母亲说的,她有着好看的肩膀,身形挺拔、亭亭玉立,看上去是那么迷人。她似乎从来不会激动,可是最近,尤其是在晚上,当她表现出兴致的时候,她看上去几乎是完美的,十分端庄,十分沉静。她在想什么呢?每个男人都爱上了她,她都已经厌倦了。因为这一切已经开始了。她母亲看出来了——恭维已经开始了。伊丽莎白不太在乎这些——比如她的衣服——这有点让克拉丽莎担心,或许有这些浅薄自负、跃跃欲试的年轻人缠在她身边也是很好的,这增加了她的魅力。但是现在她和基尔曼小姐之间有了这种古怪的友情。克拉丽莎在凌晨三点还睡不着,读着马尔博男爵的文章的时候这么想着,这证明了女儿还是有感情的。

突然伊丽莎白向前跨了一步,抢在其他人之前迅速地上了公共汽车。她坐在了公共汽车上层的座位上。这个迅猛的家伙——像艘海盗船一样——向前驶去;她不得不抓住扶手稳住自己,因为这辆像海盗船一样的公共汽车,一路不管不顾,横冲直撞,七拐八拐,直接抓上来一个乘客,或者忽视另一个乘客,它像条鳗鱼一样在车流中滑来滑去,然后升起所有帆向白厅①冲过去。那么,伊丽莎白把那个毫不嫉妒地爱着她的可怜的基尔曼小姐放在心上了吗?对基尔曼小姐来说,伊丽莎白就像是一只自由的小鹿,像是树林间开阔地的一抹月光。而伊丽莎白却因为甩开了基尔曼小姐而感到开心。新鲜的空气是如此的美好。海军陆军用品商店里实在是太不通风了。现在,坐在疾驰的公共汽车上真像是骑着马向白厅飞奔;而公共汽车每颠簸一次,鹿皮色外套下的美丽身体就像骑手一样自由地律动,微风拂乱了她的头发,让她有点像船头的装饰;阳光的炽热使她

---

① 伦敦市内的一条街。

的脸颊苍白得像漆过的木头；而她那双好看的眼睛，由于没有目光与之对视，只能注视前方，她的眼睛茫然却明亮，如雕像般凝视的目光中有着令人无法相信的天真。

基尔曼小姐总是谈论她的痛苦，这就是她难以相处的原因。但是事情真的是她说的这样吗？是不是加入委员会每天就要花很多很多时间帮助穷人（她很难在伦敦见到他），她父亲就是这么做的，天呐——如果这就是基尔曼小姐的观念中作为一个基督教徒该做的事；但是要说清楚并不容易。她想要再坐几站。到海滨大道去的话还要再付一个便士？那就再付一个便士好了。她想去海滨大道。

她很关心那些生病的人。基尔曼小姐说过，现在每一种职业都对她们这一代女性开放了，所以她可以成为一名大夫，也可以做个农场主。牲畜经常生病。她可以购入一千英亩的土地，雇用很多工人。她会去他们的屋子看望他们。到萨默塞特大厦了。她肯定能成为一个好农场主——奇怪的是，尽管这样的想法受了基尔曼小姐的影响，但主要还是受了萨默塞特大厦的启发。那座巨大的灰色建筑看起来华丽又严肃。她喜欢人们都在忙碌的感觉。她喜欢那些教堂,它们有着灰色的轮廓,迎着驶向海滨大道的车流。她觉得,这儿真的和威斯敏斯特完全不同,她在法庭街下车的时候这么想着。这儿很严肃,也很忙碌。简而言之,她要有一个职业。她可以成为一名大夫,或一个农场主,如果必要的话也可以做个议员,这一切都是因为她身处海滨大道。

那些忙碌的人脚下一刻不停,手上也在把一块块石头堆起来,头脑不是被那些喋喋不休的话语占据着(把女性比作白杨——很有趣,但很愚蠢),而是被船只、商业、法律、行政管理占据着。这一切都是那么庄严肃穆(她走进了法学院),那么令人愉悦(走到了河边),又是那么虔诚(走到了教堂),这使她下定了决心,无论她母亲说些什么,她都要成为一位农场主或者一名大夫。但是,她很懒惰。

最好是不要发表任何跟这件事有关的言论,这显得太愚蠢了。这是孤身一人的时候可能会发生的事情——这些没有建筑师名字的建筑物,从市中心回来的人群,比肯辛顿的大教堂的牧师、比基尔曼小姐借给她的任何书,都更有力量。这种力量可以刺激内心深处、埋在沙砾下的笨拙、羞涩、不成熟的思想，使其破土而出，就像小孩子突然伸直手臂；它可能是一声叹息、一个张开的怀抱、一阵冲动、一个启示，却有着前所未有的影响，然后潜藏在内心深处。她必须回家了。她得为晚宴梳妆打扮。但是现在几点了？——哪儿有钟呢？

伊丽莎白望向舰队街，犹犹豫豫地往圣保罗大教堂的方向走了几步，就像是一个趁着夜色、借着微弱的烛光轻手轻脚地走进陌生的房子探查的人，担心主人会突然一把推开卧室的门质问她是来做什么的，她也不敢随便拐进可疑的小巷子或者诱人的小街里去，就像是她在陌生的房子里不敢随便打开门，因为那可能是卧室的门、起居室的门或者是直接通向食物贮藏室的门。因为达洛维家族里没有谁会常常到海滨大道来，她是第一个，但也只是个迷途的人，她敢于冒险，又信任别人。

她母亲觉得她在很多方面都不够成熟，还像个孩子一样，喜欢那些布娃娃啊，还有旧拖鞋，完全还是个孩子，这是很可爱的。但是，当然，达洛维家族一直有从事公共服务事业的传统。家族的女性成员中就有修道院院长、私立学校校长等身份尊贵的人物——她们之中没有谁有过人的才华，但是她们都成了显赫的人物。她又向着圣保罗大教堂的方向走了两步。她喜欢这喧嚣的外表之下的亲切情谊，姐妹情、兄弟情、母子情。她觉得这儿的一切都很好。这儿的声音大得惊人，突然这喧嚣之中传来失业的人们响亮的喇叭声，那是军乐的声音，好像是人们在游行；如果有一个女人，奄奄一息，即将完成人生至高无上的庄严使命——死亡，她旁边的人打开窗户，俯瞰舰队街，军乐声、喧嚣声就会袭来，冲击他的耳膜。这喧嚣声冷漠地吵闹着，却有着抚慰人心的效果。这些失业者，就像快死的女人一样，从吵闹声中得到一丝安慰。

这是无意识的。这儿从来就没有屈服于时运或者命运这回事，也正因如此，人们不会在喧闹声中体会到命运无常、世事难料，即使那些目睹临死之人咽下最后一口气却无能为力的人，也会感到安慰。人们的遗忘是能伤害旁人的，人们的忘恩负义也同时会腐蚀别人，但是这种声音，无休无止地每天都会发出的声音，年复一年，会将一切淹没；

她刚刚做出的决定，这路上的货车，还有成群结队的人和他们的生命，喧嚣声将这一切裹挟而去，在冰川的急流中，巨大的冰块戴着一小块骨头、一片蓝色的花瓣、几棵橡树，顺流而下。

但是时间已经不早了，比她预想的还要晚些。她母亲不会喜欢她这样一个人在外面闲逛。她转身沿着海滨大道往回走去。

风吹来了一片薄云（尽管天已经很热了，但还是有风），停在海滨大道上空遮住了阳光。街上行人的面孔变得模糊起来，公共汽车突然失去了它原本的光泽。乌云是山顶的那种颜色，你可以想象用斧子砍去它粗粝的边缘，让一望无际的金黄色山坡显露出来。还有失乐园中的草地，就好像是定居在这里的各路神仙要聚在一起开会，他们之间存在着一种无时无刻不在进行着的运动。他们互相交流各种信息，就好像在执行某个已经制定的计划，一会儿山峰变小了，一会儿一大块一直没动的金字塔形状的白云飘到了一团云彩中间，像是要带领这团云彩到新的地方去。云团似乎在自己的位置上静止着，或者凝聚成和谐的整体，但其实没有什么能比那一团团雪白或金黄的云团更加清新、自由;变幻、移动,或者解散这庄严的集会是立刻就能做到的事;尽管那些云团看上去十分严肃,一动不动,坚固地聚集在一起,却时而让光芒穿过照耀大地,时而将大地笼罩在黑暗中。

伊丽莎白·达洛维平静地,而且很轻松地上了回威斯敏斯特的公共汽车。

千真万确,那光影变化一会儿把墙变成灰色,一会儿让香蕉看起来是明黄色的,一会儿让整个海滨大道看上去灰蒙蒙的,一会儿又让公共汽车显出明亮的黄色,塞普蒂莫斯·沃伦·史密斯正躺在沙发上看着这一切;他也看到流水般的金光在墙纸的玫瑰花上忽明忽暗,异常灵敏,倒真像是一个有生命的东西。窗外,网一样的树叶,向天尽头延伸;在屋子里就能听见伴随着鸟鸣的流水的声音。自然界万物都将全部力量倾泻在他头上,他的双手就搭在沙发靠背上,就像他游泳的时候手随着波涛漂浮的样子,他听到从远处海岸上传来的狗吠。别再害怕,他的内心在说,别再害怕。

他确实不害怕。每时每刻大自然都面带微笑地给出一些暗示,就像墙上来回移动的金色光斑——在那儿,那儿,那儿——她决心要展现自己,她挥动羽毛,舞动头发,让披风飘摇,仪态万千,她要美,永远要美丽地展现自己。她靠近他,手掩在唇边,透过指缝缓缓吐出莎士比亚的名句,传递她的思想。

雷齐娅正坐在桌子前,手里摆弄着一顶帽子,注视着他,看着他微笑着。他很开心。但是她一看见他的笑容就受不了。婚姻不该是这样的,丈夫不应该这样奇怪,一惊一乍的,总是大笑,或者几个小时一言不发,有时候是一把抓住她,让她记下他说的话。抽屉里全都是以这样的方式写下的东西:关于战争,关于莎士比亚,关于伟大的发明,还有关于死亡并不存在的论证。最近他总是无缘无故地就兴奋起来(霍姆斯大夫和威廉·布拉德肖大夫都说过太过兴奋对他来说绝非好事),他总是挥舞着双手大喊他得到了真理!他明白了一切!他说他那位已经死去的朋友埃文斯来了。他正在屏风后面唱歌。她就把他说的话都写下来,有的是很美好的,有的完全是胡说八道。而且他总是在讲述过程中停顿一下后就完全改变自己的想法，要么是想在前面加些什么，要么就是听到了些什么，听的时候还要抬起一只手。

但是她什么都没听到。

一次他们发现负责打扫房间的女孩在看他们写的这些东西，还发出了笑声。这真是太可悲了。因为这件事，塞普蒂莫斯大声控诉人类的残忍——人们是怎样相互揭露使得大家都不体面的。他说，我们总是把那些倒下的人撕扯得体无完肤。"霍姆斯总是和我们过不去。"他会这么说，还会编造一些关于霍姆斯的轶事：霍姆斯喝粥啊，霍姆斯读莎士比亚啊——或狂笑，或怒吼，因为对他来说，霍姆斯大夫代表某种可怕的力量，他称之为"人性"。然后就是他那些幻觉了。他总是说自己淹死了或是躺在悬崖边，海鸥对着他叫。他的目光越过沙发边缘，看见的是海。有时候他说自己听见了交响乐，但实际上只是手风琴或是街上的人的喊叫声。但是他总是说"这声音真美妙！"，然后眼泪就顺着脸颊滑下来，这对雷齐娅来说是最可怕的事情，看着塞普蒂莫斯这样一个上过战场，英勇无畏的男人哭泣。他会躺在那儿挺直身子，然后突然大喊说他掉下来了，要掉进火堆里去了。他说得太过逼真,以至于她都在找到底哪里起了火,但实际上什么都没有,屋子里就他们两个人。她会告诉塞普蒂莫斯,那是个梦,让他平静下来,但有时候她也很害怕。她坐在那儿缝缝补补的时候叹了口气。

雷齐娅的叹息声温柔得令人沉醉,就像是傍晚时分的林间微风。她放下了剪刀,从桌子上又拿了些东西过来。她慢慢地移动,发出轻微的声响和碰撞的叩击声,就在她坐着的桌子上做出一些小东西来。透过睫毛,他看见她模糊的轮廓,她娇小的身体穿着黑色的衣服,她的脸和双手;她坐在桌旁,拿起一卷线,又找了找丝绸(她总是丢三落四)。她正在为菲尔默太太已经出嫁的女儿做一顶帽子,她叫什么名字来着——他已经想不起来了。

"菲尔默太太那位已经出嫁的女儿叫什么名字?"塞普蒂莫斯问。

"彼得斯太太,"雷齐娅回答。她担心这帽子太小了,一边说着,一边把帽子举在面前比量。彼得斯太太很高,但是雷齐娅不太喜欢她。她做这顶帽子不过是因为菲尔默太太对他们一家非常好。"她早上还给我送了葡萄,"她说——实际上雷齐娅是想做些什么以示感谢。有天晚上雷齐娅进屋的时候,发现彼得斯太太正在放留声机,她以为他们出去了。

"真的吗?"塞普蒂莫斯问。她打开了留声机吗?是的,她当时就告诉他了,她发现彼得斯太太在放留声机。

他慢慢地睁开双眼,想看看那儿是不是真有台留声机。但是真实的东西——真实的东西太让人兴奋了。他必须要小心,他不能发疯。他先是看了放在架子下层的时尚报刊,然后,慢慢地把目光移到有绿色扬声器的留声机上。没什么能比这更实在了。因此,他更有勇气了,他看了看餐具柜,看了看放着的那盘香蕉,看了看维多利亚女王和她丈夫的雕版画,看了看壁炉台,上边还摆着一瓶玫瑰。没有一件东西被移动过。所有东西都在那儿,所有的都是真的。

"她是个刻薄的女人,"雷齐娅说。

"彼得斯先生是做什么工作的?"塞普蒂莫斯问。

"嗯,"雷齐娅努力地回想,她记得菲尔默太太说过他是公司的外派员,"他现在在赫尔。"

"现在!"她带着意大利口音说出这个词。她亲口说出来的。他用手遮起眼睛,以便一次只看她整张脸的一小部分,从下巴,到鼻子,再到额头,生怕把这张脸看得扭曲了,也怕看到丑陋的疤痕。但是其实什么都没有,她就坐在那儿,非常自然地缝着帽子,她缝的时候嘴微微嘟起来,和一般的女人没什么两样,都是一副专心致志的样子。没有任何可怕的地方。他一遍一遍地看着她的脸,她的手,因为她就坐在阳光下,在那儿缝纫,这有什么可怕或值得憎恶的呢?彼得斯太太说话十分刻薄,彼得斯先生正在赫尔,那他为什么要感到生气或者非要预言些什么呢?为什么在经受磨难之后被抛弃呢?为什么要看着天边的云颤抖哭泣呢?当雷齐娅坐在那儿把胸针别在衣服前襟上的时候,当彼得斯先生在赫尔的时候,为什么要去探求真理呢?奇迹、启迪、痛苦、孤独、坠入深海、下落、跌入熊熊烈火,一切都消逝了,因为当他看着雷齐娅为彼得斯太太装饰草帽的时候,他感觉那仿佛是由鲜花织就的床罩。

"这帽子对彼得斯太太来说太小了。"塞普蒂莫斯说。

这是这么多天以来他第一次正常地说话!当然,这帽子是小得有点可笑,她说。可是这是彼得斯太太自己看中的。

他把帽子从她手里拿过来。他说这像街头和手风琴手一起表演的猴子戴的帽子。

这话让她太开心了!他们好几个星期没这样一起开怀大笑了,现在又像夫妻那样,在私底下开玩笑。她的意思是如果菲尔默太太进来了,或者是彼得斯太太或者其他什么人走进来,她们都不会明白她和塞普蒂莫斯在笑些什么。

"看!"她说着,把玫瑰花别在帽子的一边。她从来没这么开心过!她这一生都没有这么开心过!

但是这样就更荒唐了,塞普蒂莫斯说。这个可怜的女人要是戴了这顶帽子就会像只在市场上被展示的猪了。(没有人像塞普蒂莫斯那样让她大笑过。)

她针线盒里有些什么呢?里面有绸缎、带子、流苏,还有一些手工假花。她把东西都倒在桌子上。他开始把颜色奇怪的东西堆放在一起——尽管他手很笨,连个包都装不好,但是他很有眼光,这很好,当然有时候很可笑,可有时候真是好极了。

"她会有顶漂亮的帽子的!"他喃喃自语,一会儿拿起这个,一会儿拿起那个,雷齐娅跪坐在他身边,目光越过他的肩膀。现在这帽子已经做好了——就是说已经设计好了,她得把这些缝好,但是她必须非常细致,他说,要保持他设计好的样子。

于是她开始缝了起来。她缝的时候,发出了轻微的噗噗的声音,他觉得,这声音就像是铁架上水壶里的沸水发出的声音。她一直在忙忙碌碌,短小却有力的手指一会儿捏,一会儿戳,她手中的针闪闪地发着光。阳光在流苏上、墙纸上流转,他想要再等等,伸了伸腿,看着沙发另一头的条纹袜子;他心里想着,他要一直待在这个温暖的、连空气都仿佛凝固了的地方。有时候傍晚时分行至树林边缘你会有这种感受,这时候地面沉下去,树木排列成行(人必须要讲科学,讲科学),使这种温暖的气息停留,微风似鸟翼拂面而来。

"做好啦,"雷齐娅说,用指尖转着彼得斯太太的帽子,"暂时就这样吧,一会儿再……"她的话像是个没关好的水龙头,滴答,滴答,滴答。

太好了。他还没做过什么能让自己感到骄傲的事。这件事很真实,很实在——彼得斯太太的帽子。

"看看它啊,"他说。

是的,看见这顶帽子会让她感到幸福。他又变回了他自己,他笑了起来。他们又单独在一起了。她会永远喜欢这顶帽子的。

他叫她戴上试试。

"但是我戴着肯定特别奇怪!"她大喊,一边跑到镜子前左照右照,然后一把把帽子抓下来,因为有人在敲门。难道是威廉·布拉德肖大夫吗?他们已经来了吗?

不是他!只是个送晚报的小女孩。

只不过是平日里会发生的事——就是他们生活中每天晚上都会发生的事情。那个小女孩站在门口吮吸着自己的大拇指,雷齐娅蹲下,轻声细语地哄了哄她,亲了她一下,又从抽屉里拿出一包糖给她。就像往常一样,一件一件事还是和往常一样。她们走进房间一圈一圈地又蹦又跳。他拿起报纸看。萨里热浪滚滚。雷齐娅重复道:萨里热浪滚滚。这像是她和菲尔默太太的孙女一起玩的游戏,她们吵闹着,笑着。他很累了,也很开心。他该去睡觉了,于是他闭上了眼睛。但是他眼睛一闭上,她们玩耍的声音就变得越来越轻，也越来越奇怪，像是人们找不到东西的喊叫声，这声音越来越远。她们已经找不到他了！

塞普蒂莫斯惊恐地坐了起来。他看见了什么？食物橱里的一盘香蕉。屋里没有人（雷齐娅把小女孩送回家里，已经到了该睡觉的时候了）。他觉得好像就要这样一直孤独下去，在米兰就注定了。当他走进屋子，看见她们用剪子剪开硬亚麻布时，就注定了要永远孤独。

他一个人和食物橱上的香蕉待在一起。他一个人，被遗弃在荒凉的土坡上，他的身体挺得直直的——但那儿不是山顶，也不是悬崖，而是菲尔默太太家客厅的沙发。至于那些幻象，那些逝去的人们的音容笑貌，都在哪里呢？他面前有一道屏风，上面画着黑色的香蒲叶子和蓝色的燕子。他在那儿看见过山峰，看见过人们的面容，看见过美，但是现在，只剩下一道屏风。

"埃文斯！"他大喊。没人应答。只有老鼠吱吱的叫声，或许是窗帘摆动的唰唰声。那是逝去的人们的声音。留下来陪着他的是那道屏风，还有那只盛煤的桶，还有食物橱。那就让他自己面对这一切吧……但是雷齐娅突然一边念叨着,一边冲进了房间。

突然来了一封信,这导致每个人的计划都变了。菲尔默太太终究还是不能去布莱顿,但是现在已经没时间通知威廉斯太太了,雷齐娅真的特别生气,这时候她一眼看见了那顶帽子,她心想……或许……她……可以稍稍……她令人愉悦的声音渐渐小到听不见了。

"真是见鬼!"她大喊(说粗话是他们之间的一种玩笑),针折了。帽子、小孩、布莱顿、针。她逐渐明白了事情要一件一件地做。她一边缝补,一边规划着。

她想要他看看,把玫瑰花插到另一边会不会让这帽子更好看些。她在沙发另一边坐下。

突然她放下帽子说他们现在幸福极了,因为她现在终于可以对他知无不言,言无不尽,她要把所有想到的事情都对他讲。那天晚上他同他的英国朋友一起走进咖啡馆的时候,腼腆几乎就是她对他的第一印象。当时他先环顾四周,后来挂帽子的时候帽子还掉了下来。这些细节她到现在都还记得。她知道他是英国人,尽管他不是她们姐妹爱慕的那种高个子英国男人,他一直都很瘦,但他很有精气神,有着高高的鼻梁和炯炯有神的眼睛，还有他坐在那儿身子微微向前倾的样子，这些都让她觉得他像是一只年轻的鹰。他们初见的那个晚上，就是在玩多米诺骨牌的时候他走了进来——尽管他看起来像一只年轻的鹰，却对她很温柔。她从没见过他暴怒或者醉酒，只是偶尔会因为身处战争的漩涡之中而感到痛苦，但是只要她走进来，他就会把其他的情绪都放下。她会对他讲任何事，世界上的任何事，包括她工作中遇到的小麻烦，他都能马上理解。就连她自己最亲近的家人也做不到这样。他比她年长，还很聪明——他认真到在她还不能用英语读儿童故事的时候就推荐她读莎士比亚！——他丰富的经验使他总能给她一些帮助。而她也能帮到他。

但是现在先说说这顶帽子，（天色渐晚）一会儿再说说威廉·布拉德肖大夫。

雷齐娅双手拿着帽子举过头顶，等着他表态到底喜不喜欢，她坐在那儿，尽管看上去低眉顺眼，塞普蒂莫斯却可以感受到她的思绪正像一只在树枝间飞来飞去的小鸟，总是能准确地落在枝头。她放松地坐着的时候，他跟得上她的思路,如果他说点什么,她脸上会立刻泛起微笑,好像那只上下翻飞的小鸟,爪子紧紧地抓住树枝停下来。

但是他记得布拉德肖曾经说:"人们生病的时候,最喜欢的人对病情是没有好处的。"布拉德肖说,他必须学会休息。布拉德肖还说他们必须分开。

"必须,""必须,"为什么"必须"?布拉德肖有什么权利管他?"布拉德肖有什么权利对我说'必须'?"他质问道。

"因为你说你要自杀,"雷齐娅说。(幸好,他们两个现在什么都可以说。)

这样他就被他们控制了!霍姆斯和布拉德肖就是跟他过不去!那个红鼻子的牲畜把鼻子伸到了每个私密的地方!"必须",他竟然会说"必须"!他的纸呢?他写的那些东西呢?

她把文稿,也就是他写的,或者是雷齐娅替他记下的文字给他拿过来。她把这些文稿往沙发上一放,然后两个人一起翻看起来。这些是表格,图纸,还有长着翅膀的小人儿挥舞着像棍子一样的胳膊——是翅膀吗?——长在他们背后;这些用先令和便士画的圆圈——那是太阳和闪烁的群星;有的画着像刀叉一样蜿蜒曲折的峭壁,上边有系着登山绳的登山者在攀登;有几张画着海,小小的脸漂浮在代表着波浪的线条上;还有的画着世界地图。把这些都烧掉!他大喊。再看看他写的东西;故去的人在杜鹃花丛后面歌唱;时间的颂歌;与莎士比亚的对话;埃文斯,埃文斯,埃文斯——来自死者的信息;不要砍伐树木的建议;要把这些告诉首相。博爱正是世界的意义。把它们都烧掉!他大声地喊。

但是雷齐娅把手覆在这些文稿上。她觉得其中一些是很美的,她要把它们用丝线捆起来(因为她没有信封)。

雷齐娅说过,他们要是把他带走的话,她会和他一起走。她还说,他们是不能违背他们的意愿把他们分开的。

她把文稿整理起来,边缘对齐,连看都没看就捆了起来。她坐到他旁边,他觉得她好像是一棵会开花的树,所有的花都开了,但是透过树枝的缝隙能看到一张威严的脸,她已经得到了庇护,她不用害怕任何人,包括霍姆斯和布拉德肖;这是一个奇迹般的胜利,也是最后、最伟大的胜利。

他看着她晃晃悠悠地爬上楼梯,被霍姆斯和布拉德肖压住了,他们加起来体重不下一百六十磅。他们把妻子送去了法庭,他们每年赚着一万英镑,还要和生活在水深火热中的人们大谈特谈平衡;他们总是做不同的决断(霍姆斯说东,布拉德肖就一定要说西),但是他们都是法官;他们自己什么都看不清,却还要做出判罚。他们总是说"必须"。但是她战胜了他们。

"好了!"她说。文稿已经扎好了,没人能拿到它们。她要把它们好好收起来。

她还说,什么都不能把他们分开。她坐在他身边,把霍姆斯和布拉德肖叫作鹰或者乌鸦,因为它们总是带着恶意破坏庄稼,和他们的行为简直完全一样。她说,没人能把他们分开。

然后她起来去卧室收拾东西,却听见了从楼下传来的声音,可能是霍姆斯大夫来了,于是她跑下楼去挡住他,不让他上来。

塞普蒂莫斯能听见她和霍姆斯在楼梯上的对话。

"亲爱的夫人啊,我是以朋友的名义来的。"霍姆斯说。

"不,我不会让你看见我丈夫的。"她说。

他仿佛能看见她像只小母鸡一样张开双翅挡住霍姆斯的去路,但是霍姆斯坚持要上去。

"亲爱的夫人啊,请允许……"霍姆斯说着,把她推到一边(霍姆斯是个健壮的男人)。

霍姆斯正往楼上走。如果霍姆斯突然推开门,他会说"吓着了吧,嗯?",之后会抓住他。但是不行,不能让霍姆斯和布拉德肖找到他。他晃晃悠悠地起来,一步一步地往前蹦,心里却在想着菲尔默太太那把刀柄上刻着"面包"字样的干净漂亮的刀。要不把煤气点上?但是已经太晚了,来不及了。霍姆斯就要进来了。他本来可以拿着刀片的,但是雷齐娅怕他自杀,把刀片都收起来了。那就只剩下窗子了,布鲁姆斯伯里的公寓都有大窗子,打开窗户跳下去,老生常谈,让人痛苦不堪。这对他们来说是个悲剧,但他和雷齐娅都不这么认为(因为她和他是一条心)。只有霍姆斯和布拉德肖喜欢这种事情。(他坐上了窗台。)但是他要等到最后一刻。他还不想死呢,活着是多么美好的事情。阳光暖洋洋的。但人们究竟想要什么呢?他对面的房子里一位正下楼的老人停下脚步盯着他看。霍姆斯已经站在门口了。"拿去吧!"他喊了一声之后纵身一跃,跌进了菲尔默太太家的围栏里。

"你这个胆小鬼!"霍姆斯先生推开房门大喊。雷齐娅跑到窗边,她看到了,那一刻她懂得了丈夫的想法。霍姆斯大夫和跑过来的菲尔默太太撞上了。菲尔默太太挥舞着自己的围裙,让雷齐娅回到卧室蒙上眼睛。很多人跑上跑下的。霍姆斯大夫走进了她的房间——他手中端着一个杯子,脸色惨白得像一张纸,全身上下都在颤抖。他说,她必须勇敢,得喝点东西,(喝点什么?甜的吧)她丈夫血肉模糊,很可能醒不过来了,但是她不能去看他,她还要接受审讯。谁能想到啊?就是因为一时冲动,他就跳楼了,怪不得任何人(他对菲尔默太太就是这样说的)。但是他怎么就跳楼了呢,霍姆斯大夫想不明白。

她喝下那杯甜甜的东西的时候,就好像推开了一扇落地窗,走进了某个花园。但是这是哪儿?钟还在报时——一点、两点、三点:这钟声与砰砰的撞击声和叽叽喳喳的低语比起来实在是太理性了,就像塞普蒂莫斯自己。她睡着了。但是时钟还在报时,四点、五点、六点,挥舞着围裙的菲尔默太太看上去好像是花园的一部分,或者说是花园的一面旗帜(他们不会把尸体抬进来吧,他们会吗?)。她住在威尼斯的姑姑家的时候,有一次亲眼看见一面旗子是从旗杆上慢慢地向外展开,这是在向战争中牺牲的烈士们致敬,而塞普蒂莫斯经历过战争。她的记忆大多数是开心的。

她戴着帽子在玉米地里奔跑——但是是在哪里呢?——可能是某座小山的山顶,靠近海边,有船、海鸥,还有蝴蝶;他们坐在悬崖上。在伦敦的时候他们也是这样坐着,半梦半醒之间,雨声、叽叽喳喳的议论声、玉米叶子摇动的摩挲声,都从卧室门外传了进来,她感受到了大海的拥抱,大海用翻滚的浪涛将他们包裹起来,对着躺在海岸上的她低语,她觉得自己被撒出去,像花一样洒落在坟前。

"他死了,"雷齐娅对着那个忠诚地守护她的浅蓝色眼睛的老妇人微微一笑。(他们不会再把他带进来了,是吗?)但是菲尔默太太却对此嗤之以鼻,哦,不,不!他们现在要把他抬走了。难道不应该知会雷齐娅一声吗?菲尔默太太认为,已经是夫妻了就应该在一起。但是他们都必须听从大夫的安排。

"让她睡会儿吧,"霍姆斯大夫把着她的脉搏说道。她看见窗外霍姆斯大夫高大的身影。

这是文明的胜利,彼得·沃尔什这么觉得。救护车的警报声响起是一种文明的胜利。救护车人道地把某个可怜的人抬上车,然后迅速地奔向医院;有的人是头被打伤了,有的人是突然被病痛击倒,或是一两分钟前在十字路口被车撞到,这些事都很可能发生在自己身上。那就是文明。从东方回来后,伦敦的效率、组织和服务精神深深地触动了他。每一辆运货或者载人的马车都驶到路边为救护车让路,这或许是病态的行为,但是人们对救护车和车上的病人表现出的尊重,不是很让人动容吗?——那些匆匆回家的男人们在救护车经过的时候立刻就想起了家里的妻子,或者会想到大夫护士陪着的人可能会变成自己……啊,只要脑子里一想到大夫、死尸之类的东西,他们就会变得多愁善感;但是这种幻想产生的快感和贪念会警告人们不要继续想下去了——这不论对艺术还是对友谊来说都是致命的。的确是这样。但是，当救护车拐过街角，尽管已经到了下一条街，都还是能听见持续不断的高亢的警铃声，它在更远的地方横穿托特纳姆宫路的时候，彼得·沃尔什觉得这是孤独的特权；只有独处的时候人们才可以遵循自己的心意做出选择。在没人看见的地方想哭就哭。这种敏感使他在印度的英国社交圈里一事无成；他从没在该哭的时候哭过，也没在该笑的时候笑过。他站在邮筒旁边想着，我就是这样，这样的时候就会被感动得热泪盈眶。为什么会这样？谁知道。可能是某种美，或是这一天的沉重，从拜访克拉丽莎开始，炎热的天气、紧张的心情都把他搞得筋疲力尽，各种感想像水滴一样，连续不断地流入内心最深处，那里漆黑一片，深不可测，永远不会有人知道。一部分是因为生活完整且不可侵犯的隐秘，他觉得生命就像一个永远不会被人们了解的花园，里面全是弯弯绕绕的小路，的确令人惊讶。真是神奇，他站在大英博物馆对面的一个邮筒旁边感受到了这些，一时间，世间万事都在这一刻发生；救护车、生和死。他的灵魂仿佛被澎湃的感情推上高峰,在楼宇之上翱翔而身体却像散落着零星贝壳的沙滩,空空如也。就是因为他的敏感,他在印度的英国社交圈才一事无成。

有一次,彼得和克拉丽莎一起坐上公共汽车,坐在了上层。那时候的克拉丽莎非常容易被感动,至少看上去是的,她总是一会儿绝望,一会儿又情绪高涨,她一直很活跃,是个好伴侣。她坐在公共汽车上看到了稀奇古怪的场景、名字和人,他们经常在伦敦游荡,一起去苏格兰市场带回成包的宝藏——那时候克拉丽莎有一套理论——他们和其他年轻人一样总是有很多理论。那些理论用来给自己的不满答疑解惑;他们不了解人,也不被人了解。那么,人们怎样才能互相了解呢?每天见面,然后半年或者一年不见面。他们都认为,人们互相了解到这种程度是令人不满的。但是她说,坐在沿着沙夫茨伯里大道行驶的公交车上,她感觉自己不属于任何地方,不是"这儿,这儿,这儿"(她拍了拍椅背),而是"无处不在"。在沿着沙夫茨伯里大道向前的时候,她一路挥着手。因此要了解她,或是了解其他任何人,就必须找到那个能令他们完整的人或者地方。

她跟没说过话的人有种莫名的契合，和街上的某个女人或收银台后面的某个男人——甚至是和树木，或者粮仓。她把这归结于一种超验理论。由于对死亡的恐惧，她相信这个理论或者说她让自己相信（她是个怀疑主义者）。这个理论是，我们灵魂可见的部分与不可见的部分相比只存在于短暂的瞬间，不可见的那部分会广泛地存在，而且会一直存在下去，以某种方式依附在其他人的身上，甚至死后还在某些地方出没……也许吧——也许。

回顾这近三十年的友谊，她的理论一直在其中起着重要的作用。他们的会面时间常常很短，断断续续的，还常常是痛苦的，因为他常常不在，即使见面了也总是被打断，（比如今天早上，就在他要开始和克拉丽莎交谈时，伊丽莎白闯了进来，像一匹四蹄修长、帅气安静的马），可这些理论对他人生的影响却是巨大的。这真是个谜。你知道实际的会面往往像一颗锋利、刺人、让人觉得不舒服的谷粒，常常是令人极其痛苦的；但是在见不到的时候，在出人意料的地点，在沉寂多年之后，它会萌芽开花，散发出诱人的芬芳，你触摸它、感受它，然后会对它产生新的感受和理解。他就是这样想起她,在甲板上,在喜马拉雅山脉中,都是因为奇怪的东西想起她(萨莉·西顿这个热情大方的傻孩子!她看到蓝色绣球花的时候也这样想起彼得)。克拉丽莎对他的影响超过了他认识的任何人。而且她总在他意想不到的时候到来,冷漠、尊贵、挑剔,或者说是美丽、浪漫,让人想起原野或是英国的丰收。他更多的时候是在乡下见到她,而不是在伦敦城区。在博尔顿的一幕幕……

彼得回到了旅馆。旅馆大堂里摆着许多淡红色的沙发椅,还有许多叶子尖尖的、已经干到打蔫的植物。他穿过大堂,从铁钩上取下房间的钥匙。前台小姐递给他几封信。他正往楼上走——在博尔顿的时候,他们常常能见面,夏末他会在博尔顿住上一两周。最早的时候是在博尔顿的某座小山上,克拉丽莎站在山顶,斗篷被风吹得鼓了起来,她双手摸着自己的头发,指着下面,对他们大喊——她看到了山下的赛文河。有时是在树林里,她想烧开水——但是她的手非常不灵巧,搞得烟雾向下弥漫,漫到他们脸上,她粉嫩的小脸在烟雾中显现;他们跟住在小木屋里的老妇人讨水喝，老妇人会站在门口目送他们离开。他们总是步行，其他人都是开车来的。她不喜欢开车出去，而且她讨厌所有的小动物，除了那只狗。他们沿着公路走了很远。她为了带他穿过田野，常常要停下来辨别方向；他们一路争论，探讨诗歌，探讨人性，也探讨政治（那时她很激进）；她没有留意周围的景物，除非她停下来，才会欣赏一处风景或一棵树，还叫彼得一起看；然后继续往前走。她手里拿着一朵要送给她姑姑的花，在收割过后的麦地里穿行，尽管她身体纤弱，却不讨厌走路；夜幕降临的时候他们回到了博尔顿。吃完晚饭后，老布赖特科普夫就会打开钢琴唱歌，他们就躺在扶手椅里听，努力憋着不笑，但总是憋不住，笑出来，也不知道在笑什么。布赖特科普夫装作看不见他们的大笑。第二天早上，他们又像鹡鸰一样在房子前面打情骂俏……

哦，这是她的来信！蓝色的信封，是克拉丽莎的笔迹。他必须读一读这封信。肯定又是一次那种会面，又是令人痛苦的！读她的信需要很大的勇气。"能见到他真是太好了。她必须要告诉他。"这就是信上的全部内容了。

但是这封信使他烦躁起来,惹恼了他。他宁愿她没写过这些东西。在他追忆着属于他们的博尔顿时光的时候收到这封信,就好像肋骨被人戳了一下。为什么她要来打扰他的生活呢?毕竟,她已经嫁给了达洛维,而且和达洛维一起幸福地生活了这么多年。

旅馆并不是能给人们带来慰藉的地方,完全不是。不知道有多少人曾把帽子挂在这些铁钩上。甚至是旅馆里的苍蝇,你仔细想想,它们也曾驻足在别人的鼻尖。至于让他眼前一亮的清洁,那并不是清洁,而是荒凉、冷漠,只是这样。某个无趣的女主管凌晨的时候来巡查一圈,这儿闻闻,那儿嗅嗅,左瞅瞅,右看看,命令那些鼻子冻得发紫的女仆去重新擦洗,好像下一位客人就是一块儿用干净的盘子盛上来的肉。床一张,用来睡觉;扶手椅一把,用来坐着;玻璃杯一只,化妆镜一面,用来刷牙和刮胡子。他的书、信函、睡衣滑落在毫无生气的马毛织品上,显得不合时宜的杂乱。正是克拉丽莎的来信让他注意到这一切。"能见到他真是太好了。她必须告诉他!"他把信纸折起来,丢在一边;再也不想看了!

为了让他在六点钟之前收到这封信,她肯定是在他告辞后就坐下开始写,贴上邮票,派人去寄。这就是她,和别人口中的她一模一样。她因他的来访心烦意乱。她有了很多感慨;有那么一刻,在她亲吻他的手的时候,她后悔了,甚至还有些嫉妒他,可能因为想起了他说过的一些话——如果她嫁给了他,他们会怎样改变世界;可现实是她已经步入中年,却碌碌无为;她用不屈的生命力迫使自己抛开这一切,因为她顽强、坚韧,有克服所有困难获得胜利的力量,她身上始终有一种强大的生命力,而他未曾在别人身上见过。是的,但是他离开房间她就会有反应。她会对他感到深深的抱歉,她会思考自己到底要怎么做才能让他感到快乐(他的确总是不快乐);他能看见她流着泪走向写字桌的样子,急匆匆地写下问候他的那一句话……"能见到你真是太好了!"而她真的就是这样想的。

彼得·沃尔什已经解开了皮靴带子。

就算他们结婚也不会幸福的,毕竟她嫁给另一个人才更正常。

很奇怪,但的确是那样,很多人都能感觉到。一般的职务彼得·沃尔什做得都还算不错,能够胜任,人缘也很好,大家都喜欢他,但是他有点古怪,喜欢装腔作势——奇怪的是装腔作势的竟然是他,现在他头发花白,却总是流露出心满意足又克制的神情。正是这一点使他对女性极具吸引力,因为她们在他的身上不止能感受到男子气概,他身上有一种,或者说是皮相之下有些不同寻常的东西。可能是他身上有股书生气——他每次来看望你的时候都要拿着桌子上的书(他现在就在读书,鞋带散在地上);或者说他是一位绅士,从他掸烟斗里的烟灰的动作就可以看出,还可以从他对待女性的礼仪上看出来。因为那些头脑不灵光的小姑娘都能摆布他,这显得他很迷人,也的确有些荒唐,但是小姑娘也得冒风险。也就是说,尽管他很好相处,而且由于他良好的教养,和他相处是一件十分愉快的事,但那也是有限度的。她说了些什么——不,不;他已经看出来了她的意思。他无法忍受——不,不。他和一群男人开玩笑,大喊大叫,前仰后合。他在印度时是最好的美食品鉴家。他是一个男人,但不是那种你必须尊敬的男人——幸好如此;比如,他不像西蒙斯少校,完全不像,尽管黛西已经是两个孩子的母亲了,她还是喜欢比较他俩。

他把靴子脱了下来,口袋里的东西也都拿了出来,黛西在阳台上的一张照片被他的小折刀带了出来。照片中的黛西一袭白衣,膝盖上趴着一只猎狐犬;她看上去非常迷人,虽然皮肤黝黑,却是他见过的她最美的样子。一切都来得顺其自然,比克拉丽莎要自然多了;没有大惊小怪,没有烦恼,也没有麻烦;没有过分的挑剔,也没有坐立难安,一切都进行得十分顺利。那个阳台上皮肤黝黑的迷人的姑娘在高声欢呼(他能听见她在说什么)。当然,她当然会把一切都给他!她大声喊道(她不知道什么是矜持),他想要的一切!她大声喊着跑过去迎他,也不管谁正在看着。她只有二十四岁,却已有两个孩子。哎,哎!

他已经这个年纪了,却陷入了麻烦。午夜梦回的时候这个想法突如其来。如果和黛西结婚呢?对他来说一切都好极了,但是对她来说呢?伯吉斯太太是个好人,不喜欢说三道四。他曾经对她坦白过,伯吉斯太太认为他这次从印度返回英国,表面上是见律师,也是给黛西时间考虑,想想如果两人结婚意味着什么。伯吉斯太太说这个关乎她的处境,也涉及社会习俗,还可能要放弃她的孩子。过不了多久,她可能会变成一个寡妇,流落街头,行为举止不顾体面(你知道的,她说,这样浓妆艳抹的女人会变成什么样子)。但是彼得·沃尔什却对这话嗤之以鼻。他还没到要死的时候呢。不过不管怎么说,她都必须自己做决定;他一边想,一边穿着袜子在房间里踱步,他熨好搭配礼服穿的白衬衫,因为他要去克拉丽莎的晚宴,或者去音乐厅,或者就待在屋里读一本引人入胜的书,这书是他在牛津上学的时候结识的一个人写的。等到他退休了,他只有一件事要做——就是写书。他会去牛津,在牛津大学图书馆里随意翻看。那个皮肤黝黑的漂亮小姑娘徒劳地跑到廊道尽头,徒劳地挥手,徒劳地大声喊着她根本就不在乎别人说什么。他在那儿,那个她视为一切的男人,一个完美的绅士,一个杰出的人(她完全不在乎他的年龄),在布鲁姆斯伯里的一家旅馆的房间里踱步,刮胡子,洗漱,一面拿起水杯,放下刮胡刀,一面继续在图书馆里四处翻看,以便搞清楚他感兴趣的一两个小问题。他会随便和谁聊聊,吃午餐的时间也会变得越来越随便,错过约会,而当黛西像平时一样让他亲吻、亲热一下的时候，他总是表现得让人不满意（尽管他是如此爱她）——简而言之，就像伯吉斯太太说的，忘记他可能会让她更幸福，或者只记住1922年8月的他。她稳稳地坐在马车上疾驰而去，而他站在黄昏下的十字路口的身影变得越来越远，她伸出双臂，她注视着他的身影变得越来越小直至消失，仍在大声喊着她愿意做任何事，任何事，任何事……

彼得从来都不懂人们的心思。集中精力对他来说也变得越来越难了。他一心想着自己的事，时而阴沉，时而欢脱；他变得开始依赖女人，却总是心不在焉，喜怒无常，他越来越无法理解为什么克拉丽莎不能直接给他提供住处，好好对黛西，然后把她介绍给朋友们。（他刮胡子的时候这样想着。）那样他就可以——可以做什么呢？就可以徘徊、闲逛（那时他正在分类整理各种钥匙和文件），感受、体验，独自一人，总之就是自我满足；然而，当然没有人比他更依赖别人（他扣好西服背心）；这就是他失败的原因。他不能不去吸烟室，他还喜欢结交军官，喜欢高尔夫，喜欢桥牌，尤其是喜欢和女人厮混在一起，她们亲密无间的友谊、对爱情的忠贞、对感情的奋不顾身，尽管也有缺陷，但是在他看来（信封上面是一张照片，皮肤黝黑的俏脸浮现在上面）是如此令人钦佩，就像开在人类生命之巅的一朵绚烂的花，但是他却让人不满意，因为他总是能看清事物的本质（克拉丽莎给他带来了永久的伤害），所以很容易对默默奉献感到厌倦，他渴望刺激的爱情，但如果黛西爱上了别人会使他暴怒，暴怒！因为他十分善妒，难以克制的嫉妒使他受尽了折磨！但是他的小刀、手表、印章、钱包，还有他不愿再次打开却时常想起的克拉丽莎的来信，还有黛西的照片，都在哪儿呢？现在该吃晚饭了。

他们在吃晚饭。

人们坐在摆放着花瓶的小桌子前，有的盛装出席，有的穿得很随便，有的把披肩和包放在身旁，显出一副故作镇静的样子，因为他们还不习惯这么丰盛的晚餐。他们面带自信，因为他们吃得起，但他们看上去非常疲惫，因为他们整天都在伦敦四处购物游览；当这个带着牛角眼镜的帅气英俊的绅士走进来的时候，他们表现出好奇，都在打量他；他们本性善良，因为他们会很高兴给他提供一点小小的帮助,比如借给他时刻表或者给他提供一点有用的信息;想要建立联系的愿望在他们内心涌动,哪怕只是在同一个城市出生(比如利物浦),或者有重名的朋友;他们坐在那儿吃晚饭,时不时看几眼,保持着奇怪的沉默,忽然一家人笑起来,惹来周围人的注意;就在这时,沃尔什先生走了进来,在窗帘边的小桌子旁坐了下来。

沃尔什先生受人尊敬,不是因为他说过什么,因为他是一个人进来的,只能和服务员说话;而是他看菜单的样子,他用食指指着某种酒的样子,他坐在桌边的姿态,他认真吃饭又显得不贪吃的样子使他受人尊敬;但是在整顿饭的时间里,他们都没有把这种尊敬表达出来。不过,当他们听见沃尔什先生最后点了一道"巴特莱特梨"的时候,莫里斯一家对他的尊敬终于充分表现出来了。无论是小查尔斯·莫里斯,还是老查尔斯,无论是伊莱恩小姐,还是莫里斯太太,都无从知晓他点这道菜时的语气怎么会如此温柔而坚定,就像纪律执行者在自己的职权范围内维护公正一样。但是当他独自坐在桌边说"巴特莱特梨"时,他好像在提出一项合法的要求,并渴望得到他们的支持,他在拥护一项事业,与他们息息相关,所以,他们同情地看着他。当他们同去吸烟室的时候,必然会聊起来。

但是交谈并不深入——只是说了说伦敦的拥挤,这三十年里发生的许多变化,莫里斯先生更喜欢利物浦,莫里斯太太去看了威斯敏斯特的花展,他们都见过威尔士亲王。然而彼得·沃尔什认为莫里斯一家是别的家族无可媲美的,哪家都不行;他们的家庭关系是那么好,而且他们对更高的阶层毫不在意,他们坚持自己对于好恶的判断。伊莱恩正在学习相关课程,准备接手家族事业,他已经获得了利兹大学的奖学金,老太太(和他差不多大)在家里陪着其他三个孩子;他们有两辆车,不过莫里斯先生星期天的时候还是自己修补靴子;太好了,真的是太好了,彼得·沃尔什拿着小酒杯想,身体在毛茸茸的红色椅子和烟灰缸之间来回移动,因为莫里斯一家喜欢他,所以他对自己相当满意。是的,他们喜欢彼得这个这样说着"巴特莱特梨"的男人。他能感觉到,他们很喜欢自己。

他会去参加克拉丽莎的宴会。(莫里斯一家已经离开了,但是他们很快会再次见面。)他会去参加克拉丽莎的宴会，因为他想问问理查德保守党在印度到底在干什么，正在采取什么行动。还有音乐……哦，对了，还有纯粹的闲聊。

因为这就是关于我们灵魂和本我的真相，他想。就像深海中的鱼在巨大的藻荇之中穿行，在昏暗的光线下，不停地向前游去，游啊游，游过闪烁着波光的海洋，游到幽深、冰冷、神秘的海洋深处；突然鱼儿游向海面，在翻滚的海浪中扑腾；也就是，我们的灵魂和本我需要在闲谈中洗刷、擦洗、点燃。政府对印度是什么态度——理查德·达洛维一定知道。

那天晚上天气很热，报童们带着宣告着热浪来袭的红色告示走来走去，藤椅被随意放在旅馆的台阶上，男人们自顾自地坐在那儿喝酒、抽烟。彼得·沃尔什也在其中。人们可以想象那一天，伦敦的一天刚刚开始的样子。就像一个换下了印花裙和白围裙，要用蓝色衣服和珠宝首饰打扮自己的女人，白天有了变化，脱下了毛呢大衣，穿上了薄纱，变成了夜晚，也抛却了尘埃、炎热、色彩，发出了和女人脱下衬裙扔在地上时一样欢愉的叹息；交通不再那样拥挤，轰隆隆的货车被响着汽笛声在路上疾驰的汽车取代了；广场上茂密的树林中到处都是晃眼的路灯。夜色好像在说，我要走了。或高耸或尖顶的公寓、旅馆、商业街错落地堆在一起，层层叠叠，就在它们之上，夜色逐渐消失。她说："我淡去了，我消失了。"但是伦敦不允许，把刺刀刺向天空，禁锢住夜色，强迫她加入狂欢。

彼得·沃尔什上次回国时，英国爆发了一次伟大的革命，威力特先生建立了夏令时。对他来说夜晚变长了倒是前所未闻，而且是相当令人兴奋的。因下班而感到快乐的年轻人提着公文包走过，自由自在，极其快乐，他们默默地因为走在这条著名的街上而感到骄傲，你可能会认为那是一种廉价且徒有其表的快乐，但那是一种狂喜，那种狂喜把他们的脸映衬得红扑扑的。他们衣着光鲜，粉色的长筒袜搭配着漂亮的鞋子。他们要去看场两小时长的电影。黄昏昏黄而泛蓝的光使他们看起来清新高雅；广场上的树叶在昏黄的灯光下也显得苍白乌青——它们看上去像被浸在海水里——水下之城的树叶。彼得被这美景惊艳到了，而且这美丽也使他感受到了勇气。当从印度回来的英国人凭着自己的权利坐在圣东会①里(他认识很多这样的人),怒气冲天地总结这世界因何衰败之时,他还在这里,和以前一样年轻,嫉妒年轻人的盛夏时光和他们的一切,从一个女孩的话语中,从一个女佣的笑声中——就是那些你触不到的东西中——他感受到他年轻时候确信无法撼动的金字塔般的社会格局已经发生了变化。从前它一直压在年轻人的头顶,沉沉地压得他们抬不起头,尤其是女性,就像克拉丽莎的姑妈海伦娜的那些花,她总是在晚饭后坐在灯下,把那些花夹在灰色的吸墨纸之间,再用利特雷大字典压着。她已经去世了。听克拉丽莎说她一只眼睛瞎了。她不得不嵌上一个玻璃眼球,这也算是大自然的杰作。她会像严寒中的小鸟紧抓着树枝那样死去。她属于一个完全不同的时代,但她是如此完整,她会始终站在地平线上,像灯塔一样突出,标记着无限漫长的冒险之旅中,无穷无尽的(他摸出一枚铜板买了一份报纸,读了关于萨里和约克两郡板

---

① 圣东会(Oriental Club),是一个成立于1824年的私人俱乐部,一开始仅限男性加入。

球比赛的消息——他很多次这样拿出铜板买报。萨里又一次出局了）——无穷无尽的生命中已经过去了的一段。但是板球不止是一种比赛，板球是相当重要的。他总是要看看关于板球的消息。他先看付印时临时加进去的比分信息，然后看看天气有多热；然后看着关于一桩谋杀案的报道。一件事情重复千百万次，就能让一个人经验丰富，也会暴露出伪装之下的真面目。过去使他积累了丰富的经验，他曾经关心过一两个人，因此获得了一种年轻人缺少的能力，即可以中断手头的事，做自己喜欢做的事，根本不在乎旁人的看法，来去没有任何期望（他把报纸放在桌上就走了）。然而（他找自己的帽子和大衣），他也没法完全做到，今晚就不行，他正要去参加一个晚宴，都这个年纪了，他还相信自己会得到一种经验。但是，是什么经验呢？

不管怎样，那是一种美感。不是肉眼就能看到的粗糙的美，也不是纯净简单的美——从贝德福德街直通拉塞尔广场。它当然是笔直而空旷的，像走廊一样对称，但它也是灯火通明的窗子，是一架钢琴、一台留声机的声音；还是一种刻意隐藏又一次次涌现的愉悦感，是你透过没拉上的窗帘或者没关好的窗子看见年轻人跳着舞，男人女人围在一起聊天，女仆们懒洋洋地望向窗外（这是她们做完活儿之后一种奇特的表达），袜子挂在架子上晾着，还有一只鹦鹉、几株绿植。这种生活具有吸引力，富有神秘感，又多姿多彩。大广场上出租车猛地转弯，一对对恋人闲庭信步、打情骂俏、在树荫下相互拥抱，看起来很让人感动；那么安静，那么专注，所以你从旁边走过去的时候，一定要小心翼翼，像在参加某种神圣的仪式一样，因为任何打扰都是一种亵渎。那十分有趣。他一边想着，一边走入耀眼的灯光中。

他的薄大衣被风吹得微微敞开，他身子前倾，以一种难以言状的独特姿态轻快地迈着步，双手放在背后，目光中带着鹰一般的锐利；他轻快地穿过伦敦，走向威斯敏斯特，欣赏着沿途风景。

所以大家都出去吃饭了？一个男仆站在这儿开门，一位仪态庄严的老太太从里面走出来，脚下穿着扣带鞋子，头上戴着三根紫色鸵鸟毛。又一扇门打开，几位披着印有鲜艳花朵图样披肩的贵妇人从里面走出来，没有戴头饰。

在粉刷过立柱的高档住宅前面,头上插着梳子的女士们穿过房前简单修剪过的花园走了过来(她们已经跑到楼上看过孩子们了);男士们在等着她们,大衣被风吹开了,汽车也已经启动了。所有人都要外出。门开了,大家陆续下楼、出发,这让人觉得好像整座伦敦城的人都登上了摇曳的小船,仿佛整座城市都在漂流中狂欢。白厅仿佛是一片遍布蛛丝的银箔,弧光灯周围聚集着许多蚊虫;天太热了,人们只能站着聊天。在这儿,威斯敏斯特,这个人身着一袭白衣端正地坐在自己家门前,可能是个退休的法官。大概是个长期居住在印度的英国人。

这里一群喝醉了的女人在喧哗;这里只有一个警察,还有一些隐约可见的高大房屋、带穹顶的房子、教堂、议会大楼、轮船的汽笛声、空洞模糊的呼喊声。但是这儿是她、克拉丽莎住的街;出租车很快转过街角,就像桥墩周围的水,聚集在一起,因为它们载着要去参加克拉丽莎晚宴的人们。

眼前的景象向他涌来,像冰冷的溪水不停流动,他快要看不清了。他的眼睛像是一只溢出水的杯子,只能任由溢出的水沿着杯壁流下来,不留痕迹。现在大脑必须清醒,身体也必须紧张起来,走进那座房子,那座灯火通明的房子。门开着,汽车都停在门口,打扮得光鲜亮丽的女士们走下来,而他的灵魂必须鼓足勇气忍受。他打开了折刀。

露西以最快的速度跑下楼,她刚刚跑进客厅抻平椅套,摆好椅子。她停了一会,心里想,无论谁走进来看见这些美丽的银器、铜壁炉架、崭新的椅套和黄色印花窗帘都会觉得,这儿很整洁、很亮堂、收拾得很好。她一件件地欣赏着,突然听见了一阵喧哗声;人们已经吃完晚餐上楼来了;她得赶快走!

阿格尼丝说首相也会来,她端着一盘玻璃杯进来的时候说她是在餐厅听人这样说的。这重要吗?首相来不来很重要吗?在此刻的夜晚,对在盘子、深平底锅、滤锅、煎锅、鸡肉冻、冰淇淋冷冻箱、切下的面包皮、柠檬、汤碗和布丁盘间兜兜转转的沃克太太来说自然是无关紧要的。无论他们如何努力地在洗碗池洗碟子,布丁的盘子一点都不见少,堆放在厨房的桌椅上。这时候炉火熊熊,电灯明亮刺眼,她们还要准备夜宵。她觉得,多一个还是少一个首相对沃克太太来说没有一点区别。

露西说女士们在上楼了；女士们一个个地上楼，达洛维夫人在最后，不断地让人往厨房捎话，"向沃克太太致以我的爱"，一整个晚上传的就是这一句。第二天早上她们会回顾那些菜肴——汤、鲑鱼；沃克太太清楚，那鲑鱼像从前一样没到火候，因为她总是担心布丁做不好，就把鲑鱼交给珍妮去做，所以鲑鱼不够火候。不过露西说，有个金发戴着银配饰的女士问起开胃菜是不是在家里做的。但是在沃克太太一圈圈转着盘子，反复地拉开又关上壁炉的风门的时候，她不放心的还是那道鲑鱼；这时餐厅里传来一阵笑声——女士们离席后男士们玩得十分开心。露西跑进来说要匈牙利 Tokay 葡萄酒。"达洛维先生要匈牙利 Tokay 葡萄酒，要皇家酒窖酿造的。"

酒穿过厨房被端了出去。露西回头对她们说伊丽莎白小姐今天很漂亮，目光简直没办法从她身上移开。她身穿粉色的小裙子，戴着达洛维先生送给她的项链。珍妮肯定还记得那条狗，伊丽莎白小姐的那条狐猎犬，它咬人所以不得不被关起来，伊丽莎白想到它也该吃点东西了。珍妮肯定还记着那条狗。楼上有那么多客人,珍妮不会上去的。门口又来了一辆车!门铃响了——男士们仍在餐厅里喝匈牙利葡萄酒呢!

男士们也上楼了;这是第一批客人,接着客人会来得越来越多,所以帕金森太太(为了晚宴专门雇用的)半开着前厅的门,前厅里全是等待的男士(他们站着,头发梳得服服帖帖的),女士们在走道侧面的屋子里脱下斗篷;巴尼特太太在那间屋子帮助她们,老艾伦·巴尼特在达洛维家工作了四十年,每个夏天都会回来做这份工作,她还记得那些已经当了妈妈的人年轻时的样子,她谦和地和女士们握手,尊敬地称呼她们为"夫人",对待年轻小姐也很幽默,洛夫乔伊夫人的打底衫出了点岔子,她都很娴熟地帮她解决了。洛夫乔伊夫人和爱丽丝小姐都觉得在梳妆打扮上,巴尼特太太特别照顾她们,因为她们已经认识巴尼特太太——"三十年了,我的夫人。"巴尼特太太提醒。洛夫乔伊夫人说,她们在博尔顿的时候,年轻女孩都不用口红。巴尼特太太疼爱地看着爱丽丝小姐说,爱丽丝小姐也用不着口红。巴尼特太太坐在那个房间,理好斗篷的毛,叠好西班牙披肩,整理好梳妆台,尽管女士们都穿着差不多的真皮绣花衣服,巴尼特太太却非常清楚哪些女士身上穿的更好,哪些不好。这亲爱的老妇人,克拉丽莎的老保姆啊,洛夫乔伊太太一边上楼一边感慨。

然后洛夫乔伊夫人挺直了身子。"洛夫乔伊夫人,洛夫乔伊小姐。"她对威尔金斯先生(为了晚宴雇用的)说。他举止得体,鞠躬,站直,鞠躬,站直,用不含感情的语气宣布"洛夫乔伊夫人,洛夫乔伊小姐到……约翰爵士和尼达姆夫人到……韦尔德小姐到……沃尔什先生到。"他举止得体,想来家庭生活自然也无可指摘,只是这样一个嘴唇发青、脸干干净净没有胡茬的人自寻烦恼地生养孩子,似乎是不可能的事。

"见到你真是太好了!"克拉丽莎说。她对每个人都这样说。见到你真是太好了!这是她最糟糕的时候——热情,却不真诚。来这真是个巨大的错误。彼得·沃尔什想,他应该待在家里看书的;本应该去音乐厅的,本应该待在家里的,因为他谁都不认识。

天呐,这宴会将很失败,完全失败。当亲爱的莱克斯汉姆老爵士因他的妻子在白金汉宫花园晚宴上染了风寒而不能来致歉的时候,克拉丽莎从骨子里感受到了。她的余光看见了彼得,他站在角落,带着批评的表情。为什么,她究竟为什么要做这些事?为什么深陷火海还要追求攀上顶峰?无论如何也要让火海吞噬了她!将她燃成灰烬!即使将自己挥舞着的火把扔到地上,也比像埃莉·亨德森那样消瘦下去强!奇怪的是,彼得来了只是往角落里一站就让她陷入这种状态。他让她看清自己:浮夸、愚蠢。但是为什么他来了就批评她?为什么他总是获取,却不付出?为什么不能为了自己一个小小的观点就冒个险呢?他要走开了,她必须跟他说几句话,但是她找不到机会。生活就是这样——羞涩而克制。莱克斯汉姆爵士正在讲他的妻子在花园晚宴上不肯穿毛皮大衣,因为"亲爱的,你们这些女士都一样"——莱克斯汉姆至少有七十五岁了!那一对老夫妇十分亲昵。她其实很喜欢莱克斯汉姆爵士。她也觉得自己的晚宴很重要,意识到一切都没有按预想发展,这让她觉得相当不舒服。无论是什么,哪怕是爆炸、恐怖事件都比客人们现在漫无目的地瞎转,像埃莉·亨德森一样三五成群地站在角落里,甚至不在意自己是否站直了要强。

  印着天堂鸟的黄色窗帘被风吹得微微扬起,好像有许多鸟儿扑扇着翅膀飞进来,又飞出去,然后又被吹回来。(因为窗子是开着的。)埃莉·亨德森很好奇,是不是有过堂风啊?她这样容易着凉。但是即使她明天打喷嚏也没关系,她考虑的是那些穿着露肩装的姑娘们,她一直被她的老父亲教导要为别人着想,她的父亲曾经是博尔顿的一位牧师,病了很久,已经去世了;她就算是着凉也没有因此得过肺炎,从来都没有过。她想的是那些姑娘,那些露着肩膀的年轻姑娘们,她自己一直身体虚弱,发量稀少,身材也有些瘦弱;尽管现在她已经年过五十,却开始闪耀出一种柔和的光,这光经过多年自我克制的净化变得无与伦比,却因她过于斯文和恐惧而变得黯淡。她的恐惧来自一年只有三百英镑的收入和无能为力的处境(她连一个便士都赚不来),就是这些使她胆怯,而且一年一年使她愈发没有资格和衣着光鲜的人聚会,这些人在这个季节的每一个夜晚都会聚会,他们要做的只是告诉女仆们"我要穿这件",而埃莉·亨德森却只能紧张地跑出去买六朵粉色的花,然后在她古旧的黑裙子外面披一条披肩。因为她在最后一刻才收到克拉丽莎宴会的邀请，她对此不怎么高兴，觉得克拉丽莎今年本来不打算邀请她的。

克拉丽莎为什么就该请她呢？其实真没什么邀请她的理由，除了她们一直认识。实际上她们还是表姐妹呢。但是很自然的，她们慢慢就疏远了，克拉丽莎在社交场合极受欢迎。参加晚宴对埃莉·亨德森来说还算是件大事。看着那些漂亮的衣服就是一件相当赏心悦目的事。那不是伊丽莎白吗，梳着时尚的发式，穿着粉色裙子的那个？她真是长大了，她还不到十七岁吧。她生得太俊俏了。不过现在的女孩第一次出现在社交场合时已经不再像过去那样穿白色礼服了（她必须记住这些好讲给伊迪丝）。姑娘们穿着紧身直筒裙装，裙摆在脚踝以上。这不太得体，她心里想。

因为视力不好，埃莉·亨德森往前伸着脖子，她并不是很在意没有人和她交谈（她几乎谁都不认识），因为她觉得大家都是那么有趣的人，看上去就很有趣；可能有些是政治家，是理查德·达洛维的朋友；理查德自己觉得不能让这个可怜的女人一整晚一个人站在那儿。

"哦,埃莉,最近过得可好?"他以温柔的方式问道。埃莉·亨德森却紧张起来,脸颊涨得通红,觉得他能过来跟她说话真是太好了,她说很多人更容易觉得热而不是冷。

"对,就是这样,"理查德·达洛维说道,"太对了。"但是应该再说些什么呢?

"你好,理查德,"有个人说着,抓住他的胳膊把他带走了。上帝啊,是老彼得,老彼得·沃尔什。达洛维很高兴能见到他——见到他真是太开心了!他真是一点儿都没变。他们两人一起穿过屋子,互相轻拍着,像是很久没见面的样子,埃莉·亨德森看着他们走的时候想,她肯定见过那个人。一个身材高挑的中年男人,有着好看、乌黑的眼睛,戴着眼镜,看着有点像约翰·伯罗斯。伊迪丝肯定知道那人是谁。

印着天堂鸟图案的黄色窗帘又被风吹得飘了起来。克拉丽莎看见——她看见拉尔夫·里昂把窗帘拍了回去继续聊天。这么看宴会完全不是失败的!接下来一切都会按部就班了——她的晚宴。晚宴开始了,刚刚开始,发展成什么样还不得而知。她现在必须站在那儿。客人们一下子涌了进来。

"加罗德上校和加罗德夫人到……休·惠特布雷德先生到……鲍利先生到……希尔伯里太太到……玛丽·马多克斯夫人到……奎因先生到……"威尔金斯拖着长音通报道。她和每个人说上六七句话,然后他们走进各个房间;从拉尔夫·里昂把窗帘拍回去之后,客人们仿佛有事可做了,而不是无所事事。

然而对她自己来说,这实在是太费心劳神了。她并不能享受这场晚宴。太像是——随便什么人都可以站在那儿,都可以做这些,但这个人她确实有点欣赏,不管怎么说,她毕竟把这个晚宴办得有模有样,这标志着一个阶段,奇怪的是,她已经完全忘了自己的模样,只觉得自己像根钉在楼梯尽头的木桩。每次她举办晚宴都有这种找不到自己的感觉,而且每个人在某一方面是不真实的,却在另一方面更加真实。她想,这一部分是因为他们的服装,一部分是因为他们脱离了日常的轨迹,还有就是因为这里的环境背景,你可以在这儿说在别处不能说的话,说那些需要努力才能说出来的事,可能会谈得更加深入。但是她现在不行,无论如何都不行。

"见到你真是太高兴了！"她说。亲爱的老哈里爵士！他认识这里的每个人。

看着他们一个个上楼的时候，克拉丽莎的感觉很奇妙，芒特太太和西莉亚，赫伯特·安蒂斯，戴克斯太太——哦，还有布鲁顿夫人！

"您能来真是太好了！"她说，她真是这么想的——站在那儿感觉他们在不停地走啊，走啊，这感觉很奇怪，其中有些年纪已经很大了，有些……

她叫什么名字？罗塞特夫人？但是罗塞特夫人是谁呢？

"克拉丽莎！"那个声音！是萨莉·西顿！萨莉·西顿！这么多年了！她从迷雾中隐约出现。当克拉丽莎握着热水瓶时，萨莉·西顿以前可不是现在这个样子。她就在这房子里，就在这里！她以前可不是现在这个样子！

像是有说不完的话，一句一句地涌出来，她有点尴尬地笑着——萨莉正好路过伦敦，她是从克拉拉·海登那里听说的；这是个和你见面的多好的机会啊！所以我就不请自来了……

克拉丽莎可以镇定地放下那个热水瓶了。萨莉当年的风采已经从她身上消失了。可以再次见到她真是太不寻常了,她老了,更开心了,但是不如从前漂亮了。她们在客厅门口互相亲吻,先亲这边脸颊又亲那边,然后克拉丽莎和萨莉拉着手转了个身,看见房间里全是人,人声嘈杂,看见了烛台、被风吹动的窗帘,还有理查德送她的玫瑰花。

"我已经有五个儿子了。"萨莉说。

她完全以自我为中心,毫不掩饰地希望人们第一个关心她。克拉丽莎十分喜欢她,因为她还是那个样子。"真是难以置信!"她大声说,一想到从前,她就抑制不住激动。

但是,唉,威尔金斯,威尔金斯需要她;威尔金斯正在用他权威的声音通知所有客人,并且把女主人从无聊的寒暄中唤回来,他通报了一个名字。

"首相来了。"彼得·沃尔什说。

首相?是真的吗?埃莉·亨德森很惊讶。这件事一定要告诉伊迪丝!

人们不能嘲笑他。他看起来很普通,就像你在买饼干的时候在柜台后面看见的人——那个可怜的家伙,用金色带子装扮自己。但是公正地讲,他四处走,当他先在克拉丽莎的陪同下,后在理查德的陪同下和大家打招呼的时候,都很得体。他努力使自己看上去像个大人物,这一幕是很滑稽的,但其实没有人看他,他们只是在继续聊天,但是很明显的是他们都知道,从骨子里感觉到,从他们身边走过的是个重要人物,这个人象征着他们所有人代表的英国社会。布鲁顿老夫人,看上去也精神矍铄,面色坚毅。首相他们退回到一个有守卫的小房间,立刻被人们好奇地偷窥,一种骚乱的沙沙声在人群中传开,他们很直接地说:首相来了!

上帝啊,上帝啊,这就是英国人的势利!彼得·沃尔什站在角落里想着。他们多么喜欢用金色带子和财富把自己装点起来啊!那儿!那肯定是,在大人物周围转的那个,就是休·惠特布雷德,他长胖了,头发也更白了,真是令人敬佩的休啊!

彼得觉得他看起来总像是在执行公务,一个享有特权却很神奇的人,他知道很多死也不能透露的秘密,尽管这些秘密不过是宫廷看门人不小心传出的闲话,而且隔天就会被所有的报纸登出来。这就是他引以为乐的事，他在沉迷于这些事的过程中头发渐渐白了，变老了，由于有机会结识这种毕业于英国公学的人，他受到尊敬和喜爱。很自然地，人们会杜撰一些关于休的类似的事情，那就是他的风格，那种彼得在几千英里之外的海外，在《泰晤士报》上读到的休写的信件的风格。彼得感谢上帝，印度，那个只能听到猩猩的叫声和劳工殴打他们妻子的声音的地方让他免受这种喧嚣的折磨。一个橄榄色皮肤的大学生站在休的身旁，神色谄媚。休会提点他，启发他，教他如何走下去。因为休最喜欢做善事了，他让那些老太太们的心里充满了这个年纪还能被记挂着的幸福，当她们觉得自己已经被所有人遗忘的时候，休还会开着车去看望她们，花一个小时和她们坐着回忆过去，回忆一些鸡毛蒜皮的小事，称赞她们家里做的蛋糕。休一生中的任何一天都可以和某位公爵夫人一起吃蛋糕，你看看他，是真的在这个令人敬佩的事业上花费了大把时间。审判一切也宽恕一切的上帝可能会原谅他吧。不过彼得·沃尔什没有那样的仁慈。这世上肯定有坏人，而且上帝知道，火车上一个把某个女孩的脑浆打出来的混蛋给社会带来的危害要比休·惠特布雷德和他所谓的善行带来的危害更小。看看他现在的这副嘴脸,他踮着脚尖小心翼翼地、点头哈腰地往前走,在首相和布鲁顿夫人走进来的时候向全世界暗示,他有和布鲁顿夫人说几句体己话的特权。布鲁顿夫人停了下来,摇了摇她端庄的脑袋,大概是在对他恭敬的举动表示感谢。她有一堆奉承者,他们是为她四处奔走,帮她做点小事的小官员,而她请他们吃午饭作为回报。她遵循的是 18 世纪的传统做法。她做得没什么不对。

这时候克拉丽莎陪着首相从这个房间走过,她抬头挺胸,眼睛放着光彩,灰白的头发赋予她庄重感。她戴着耳环,穿着一身银绿色的美人鱼样式的裙子。她好像随着海浪的翻涌浮浮沉沉,编着长发,她看上去就是有与生俱来的魅力;活着,存在着,在她经过的一瞬间就把控住了全场;她转身,把挂在另一位女士的裙子上的围巾解了下来,报之一笑,她举重若轻地做着这些事,神情泰然自若,如鱼得水。但是岁月也在她身上留下了痕迹,正如美人鱼也会在某个清澈的傍晚看见海浪上的夕阳。她身上有了一丝温柔；她的严厉、谨慎、木讷都被此刻夕阳的温暖融化了，当她和那位用金色带子打扮自己、用尽力气让自己看起来重要的男士（祝他好运吧）说再见时，她身上有一种难以言状的自尊，一种强烈的热忱，就像她在祝福整个世界，她就站在这一切的边缘，现在必须离开。她使他想到了这些。（但是他并没有爱上她。）

其实，克拉丽莎觉得，首相能来真的是莫大的殊荣。陪首相一起穿过这间屋子，萨莉在这儿，彼得也在这儿，理查德也很高兴，所有的客人都羡慕甚至嫉妒她，那一刻她陶醉其中，感觉神经在扩张，心脏也在颤动——是啊，但那毕竟都是别人的感觉；因为，尽管她喜欢这些，也能感受到这些激动和刺激，然而这些表象，这些成就（比如亲爱的老彼得就觉得她聪慧过人）都是虚无的；虽然在咫尺，却不是真的进入内心；可能是因为她年纪渐长，这些东西不再像过去那样带给她满足感了；突然，当她看见首相走下楼的时候，她看见了乔舒亚爵士的画，上面是一个提着皮手笼的小女孩儿，那幅画的金色边框让她突然想起基尔曼，她的敌人基尔曼。她很满意，这感觉很真实。啊，她是多么讨厌她啊——她暴躁、虚伪、道德败坏,又有那么大的能量,勾引伊丽莎白,偷偷溜进来偷窃并亵渎了伊丽莎白(理查德会说这是胡说八道!)。她憎恨基尔曼,也爱她。一个人想要的是敌人,而不是朋友——不是达兰特太太和克拉拉,威廉爵士和布拉德肖夫人,特鲁洛克小姐和埃莉诺·吉布森(她看见她们在楼上呢)。如果他们需要她,就肯定要会过来找她。她都是为了这场宴会!

她的老朋友哈里爵士在那儿。

"亲爱的哈里爵士!"她一边说着,一边走到他面前。这个和蔼的小老头创作出的劣作,比圣约翰伍德画院里任何两个画师的作品总和还要多,这就是哈里爵士。(他画的很多都是牛,有的站在落日余晖中在池塘边喝水,有的抬起一条前腿,扬起角,表示牛看见了陌生人。他独有一套利用姿势表达想法的技巧——他的所有活动,无论是在外吃饭,还是赛马,都是以站在落日余晖中在池塘边喝水的牛为基础的。)

"你在笑什么呢?"她问他。因为威利·蒂特科姆、哈里爵士和赫伯特·安斯蒂都在笑。但是不,哈里爵士不会告诉克拉丽莎·达洛维自己在音乐厅舞台上的故事（尽管他喜欢她，觉得她在她们这类人中最完美，还扬言要给她画像）。他拿她的晚宴揶揄她。他惦记着他的白兰地。他说，这些圈子高不可攀。但是他喜欢她，尊敬她，尽管她有令人讨厌的、难以接近的上流阶层的风雅，这使他不可能叫克拉丽莎·达洛维坐到他的腿上。这时希尔伯里老夫人走了过来，她像是闪烁不定的鬼火，又像是捉摸不定的磷光，在他的笑声中伸出手（他是因为谈论公爵和公爵夫人才笑得那么开心），她在房间另一头听见了这笑声，这笑声宽慰了她；老夫人有时醒得很早，又不愿叫女仆把茶送进来，还为此烦恼。她确信我们都会死去。

"他们不会把他们的故事讲给我们听。"克拉丽莎说。

"亲爱的克拉丽莎！"希尔伯里夫人大声说道。她说，克拉丽莎今晚看上去真像她第一次见到她母亲的样子，当时她母亲戴着一顶灰色的帽子在花园里漫步。

克拉丽莎的眼里噙满了泪水。她的母亲，在花园里漫步！但是，哎，她必须得走了。

布赖尔利教授在那边，他是讲授弥尔顿作品的，正在和瘦小的吉姆·赫顿（吉姆·赫顿即使是来参加这样的晚宴也不打领带，不穿西服背心，也不会把头发梳平）交谈，即使离得很远，克拉丽莎还是能看出他们在争吵。因为布赖尔利教授是个极其古怪的人。他有很多学位、荣誉、教授资格，但如果他和三流作家相处，他马上就会觉察到这样的氛围不利于形成他那古怪的性格；他学识渊博又胆怯懦弱；他身上具有冷酷的魅力，一点亲和力都没有；在他的身上，势利和天真两种特质可以共存；如果他从一位女士乱蓬蓬的头发、一个青年脚下穿的靴子中毫不犹疑地意识到下层社会的存在，而且是由叛逆者、狂热的青年和那些自视甚高的人组成的，他会气到颤抖，接着他会稍稍一仰头，吸一口气——哼——自我克制有多么重要；为了能够欣赏弥尔顿的作品而受一些古典文学的熏陶是多么重要。布赖尔利教授（克拉丽莎能看出来）在谈论弥尔顿时和瘦小的吉姆·赫顿（他穿着红袜子，因为黑袜子拿去洗了）没什么好说的。她打断了他们。

她说她喜欢巴赫，赫顿也喜欢巴赫，这是他们之间的纽带，而且赫顿（一个很糟糕的诗人）一直都觉得达洛维夫人是贵妇人中对艺术最感兴趣的一个。但奇怪的是她是那么严肃。对音乐她完全抱着客观的态度。她是个相当刻板的人。但是她看上去是多么迷人啊!她把家里布置得那么漂亮,如果不是为了招待那些教授就更好了。克拉丽莎有点想把他拽出来,让他坐到后面房间的钢琴前面去,因为他钢琴弹得太好了。

"但是太吵了!"她说,"真是太吵了!"

"这是一场宴会成功的标志。"教授礼貌地点了点头,然后悄悄地走到一边去了。

"他了解全世界与弥尔顿有关的东西,"克拉丽莎说。

"真的吗?"赫顿说,他会在整个汉普斯特德模仿这位教授,这位研究弥尔顿作品的教授,这位主张自我克制、悄悄地走到一边的教授。

但是她必须和那对夫妇说几句话,克拉丽莎说,她指的是盖顿勋爵和南希·布洛。

使晚宴更加喧闹的人不是他们。他们并肩站在黄色窗帘旁边,没有说话(这很显然)。他们很快就会离开去别的地方;他们在任何情况下都没有很多要说的话,他们只用眼睛看，但那就足够了。他们那么干净整洁，那么健康。她脸上涂着淡淡的脂粉，像杏花一样美丽。而他，干净利索，有着像鸟一样的眼睛，像一个不会错过任何球、也不会被任何打法吓到的运动员。他跃起，击发，百发百中、位置刚刚好。马儿的嘴在他拉动的缰绳下颤抖。他背负着各种荣誉，祖上也曾建立一番功勋，家乡的教堂上挂着他家族的旗帜。他有自己的责任，有佃户、母亲和姐妹；在洛兹玩了一整天，当达洛维夫人走过来的时候，他们正在谈论这些——板球、表亲、电影。盖顿勋爵格外喜欢达洛维夫人，布洛小姐也喜欢她。达洛维夫人有着如此令人着迷的礼仪教养。

"你们能来真是太好了，太荣幸了！"她说。她喜欢这些上流社会的人；她喜欢年轻人，南希穿着巴黎最好的设计师设计的价值不菲的衣服站在那儿，衣服合身得像是她的身体自己长出了绿边。

"我本来是打算开个舞会的，"克拉丽莎说。

因为年轻人是不会聊天的。但是他们为什么要聊天呢？他们大喊、拥抱、旋转，清晨起床，把糖喂给小马，亲吻爱抚可爱的小狗的鼻子，然后躁动不安、一个接一个地跳进泳池游泳。但他们无法掌握英语蕴涵巨大能量，无法用它来表达感情（在他们这个年纪，克拉丽莎和彼得可以争论一整晚）。语言让年轻人更加充实、坚强。他们对庄园里的人都很好，但是独处时，他们可能很无聊。

"真遗憾啊！"她说，"我本来是想开个舞会的。"

他们能来实在是太好了！谈起跳舞，那些房间已经挤满了人。

那儿坐着披着披肩的老姑妈海伦娜。唉，她必须离开他们了——盖顿勋爵和南希·布洛。那儿是她的姑妈，老帕里小姐。

海伦娜·帕里小姐还没死，她还活着，她已经八十多岁了。她拄着拐杖慢慢走上楼梯。她被安排坐在一张椅子上（理查德安排的）。那些在19世纪70年代去过缅甸的人总是被带过来见她。彼得去哪儿了？他们曾经是那么好的朋友。只要一提到印度或锡兰（今斯里兰卡），她的眼睛（只有一只是玻璃的）就慢慢地变得深邃，变成蓝色的，变得不太像人类的眼睛——她对总督、将军、兵变没有什么好的印象，也没什么引以为傲的幻想——她看见的是很多兰花、山间小道和60年代她自己被劳工们抬着翻过人迹罕至的山峰；或者把兰花摘下来（是开着花的，以前从未见过），再用水彩描画；一个永不言弃的英国女性，会被战争，被一枚落在家门口的炸弹，从冥想中生生拽回痛苦的现实，打断她对兰花和自己六十年代去印度旅行的回忆——但是彼得在这儿。

"过来和海伦娜姑妈讨论讨论缅甸。"克拉丽莎说。

他今晚还没和她说上一句话！

"我们一会儿再聊，"克拉丽莎说着，把他带到了披着白色披肩、拄着拐杖的海伦娜姑妈面前。

"这是彼得·沃尔什。"克拉丽莎说。

没有任何反应。

克拉丽莎邀请她来的。对她来说，这真是太累人了，太吵了，但是克拉丽莎邀请了她，所以她来了。他们住在伦敦真是太遗憾了——理查德和克拉丽莎。如果只考虑克拉丽莎的健康的话，住在乡下要更好一些，但是克拉丽莎喜欢社交。

"他去过缅甸。"克拉丽莎说。

啊!海伦娜姑妈不禁回想起查尔斯·达尔文对她那本写缅甸兰花的小书发表的评论。

(克拉丽莎得去和布鲁顿夫人说会儿话。)

毫无疑问,她写的关于缅甸的那本小书已经被人们遗忘了,但是在1870年之前出了三版呢,她这么告诉彼得。海伦娜姑妈现在想起他来了。他曾经在博尔顿待过(彼得·沃尔什记得,那天晚上在客厅,克拉丽莎邀他一起去划船,他一句话也没说就走了)。

"理查德非常喜欢您的午宴,"克拉丽莎对布鲁顿夫人说。

"理查德帮了我大忙,"布鲁顿夫人回答,"他帮我写了一封信。你最近怎么样?"

"哦,非常好!"克拉丽莎说。(布鲁顿夫人最讨厌政治家的妻子身体抱恙。)

"彼得·沃尔什也来啦!"布鲁顿夫人说。(尽管布鲁顿夫人很喜欢克拉丽莎,但也不知道该和她说些什么。克拉丽莎有很多美好的品质,但是她们完全没有共同点——

她和克拉丽莎。如果理查德娶一个不这么有魅力,但是可以给他的工作提供更多帮助的女人可能会更好一些。他失去了进入内阁的机会。)"那不是彼得·沃尔什吗!"她说着,还和那个讨人喜欢的花花公子握手,那是个非常有能力的家伙,本来应该小有名望但并没有(因为他总是和各种女人纠缠不清)。还有,当然了,和老帕里小姐握手。这老夫人真的是太好了!

布鲁顿夫人站在帕里小姐的椅子旁,像个掷手榴弹的幽灵,穿着一身黑衣,邀请彼得·沃尔什共进午餐;她很亲切,但是没有一句闲谈,关于印度的动植物她什么都不记得了。她去过印度,和前后三位总督都有些交情;她认为有些印度公民也是很好的人,但真是悲惨——印度的状况!首相刚才告诉过她(老帕里小姐把自己整个人裹在披肩里,根本不关心首相刚才说了什么),布鲁顿夫人想要听听彼得·沃尔什的看法,因为他刚从那边回来。她想让桑普森爵士见一见彼得,这件事一直让她无法入眠。作为一个军官的女儿,这种做法实在愚蠢,她甚至觉得不道德。布鲁顿夫人现在是个老妇人了,没那么有用了,但是她的房子、她的仆人、她的好朋友米莉·布拉什——他还记得她吗？——他们随时等她召唤——如果他们帮得上忙的话。她从不会谈起英格兰，但是这片养育她的亲爱的土地，已经融入她的血脉（虽然她没读过莎士比亚），如果有一个女人可以头戴钢盔，手持弓箭，可以统帅大军进攻，可以用不可战胜的正义统治野蛮部落，可以变成一具被埋在教堂盾形坟墓下没有鼻子的尸首，或者安息在某个小山坡上长着野草的土包里，那个女人就是米莉森特·布鲁顿。她虽然被性别和自己有限的逻辑思维限制（连给《泰晤士报》写封信几乎都是不可能的），但她时刻记着大英帝国，并且信仰全副武装的战争女神，也变得身姿挺拔、举止粗犷，所以人们无法想象她死后会脱离故土，或者她的灵魂以精神的形式在没有英国国旗飘扬的地方游荡。即使她死了，让她不做英国人——不，不！不可能！

但那是布鲁顿夫人吗（她从前见过的）？那是彼得·沃尔什吗？头发花白的那个。罗塞特夫人问自己（她就是以前的萨莉·西顿）。那个肯定是老帕里小姐——她待在博尔顿时那个总是生气的老姑妈。萨莉忘不了她没穿衣服在走廊里跑,然后被帕里小姐斥责的事!还有克拉丽莎!哦,克拉丽莎!她抓住了克拉丽莎的胳膊。

克拉丽莎在他们旁边停了下来。

"但我不能待在这儿,"她说,"我一会儿再过来,等一会儿,"她看着彼得和萨莉说。她的意思是他们要一直等到这些人离开。

"我会回来的,"她看着她的老朋友萨莉和彼得说道。他们两个人正在握手,而萨莉肯定是想起了过去,正笑呢。

萨莉的声音已经不像过去那样圆润,眼睛也不像以前那样炯炯有神了。当年,她抽雪茄的时候,她一丝不挂地跑过走廊去取海绵包的时候,眼睛多亮啊。埃伦·阿特金斯问她,要是撞见了男人怎么办?不过大家都原谅了她。她因为半夜饿极了从食物储藏柜偷鸡吃,她在自己卧室里抽雪茄,她把一本无价的书落在了船上,但是每个人都喜欢她(可能除了她爸爸),因为她的热情和她的活力——她会画画,也会写作。村子里的老妇人直到现在都不会忘记问候一句"你那位穿着红斗篷,看上去很聪明的朋友"。她跟所有人控诉休·惠特布雷德(他就在那儿呢,她的老朋友休，正在和葡萄牙大使讲话）在吸烟室吻了她，因为她说女性应该享有选举权。她说庸俗不堪的男人才会做这种事。克拉丽莎还记得她曾经劝说萨莉不要在家庭祈祷的时候指责休——她做得出来，她大胆、鲁莽，为成为人们目光的焦点而制造刻意的场景。那时候克拉丽莎常常觉得，这一切肯定会以一种悲剧的方式结束——她的死亡或者殉难，但是她却结婚了，非常出人意料，嫁给了一个衣服上有大扣眼大花、在曼彻斯特有几家棉纺织厂的秃顶男人。而且她现在有五个儿子了！

她和彼得一起坐了下来。他们在聊天，这场景看上去太熟悉了——他们好像就应该这样聊天。他们一起谈论过去。她和这两个人分享过去（甚至比和理查德一起度过的日子还要多），还有花园、树、老约瑟夫·布赖特科普夫的歌、客厅的墙纸、地毯的味道。萨莉是这一切的一部分，彼得也是，但是克拉丽莎必须先离开他们。布拉德肖一家到了，她不太喜欢布拉德肖夫妇，但她必须去迎接布拉德肖夫人（她穿着银灰色的衣服，像只海狮在水池边保持平衡，叫喊着让别人邀请她，跟公爵夫人们交际，是典型的成功男人的妻子),她必须迎上去和她寒暄几句……

但是布拉德肖夫人先说话了。

"我们来得太晚了,亲爱的达洛维夫人,我们都快不敢进来了。"她说。

威廉爵士看上去就很与众不同,他有着灰白的头发、湛蓝的眼睛,说他们确实来得太晚了,但他们实在经受不住晚宴的诱惑。他可能正在和理查德谈论那个希望下议院通过的议案。为什么看着他和理查德讲话,她会觉得讨厌?他看上去的确是个好大夫。他在医生行业数一数二,为人强势,但也面露疲态。因为想想他面对的都是什么样的事——陷入苦难深渊的人,在精神失常的边缘挣扎的人,丈夫和妻子们。他必须给很多棘手的问题下决断。不过——她的感觉是,人们并不愿意让威廉爵士看出他们是不快乐的。不,不能让他看出来。

"您的儿子在伊顿还好吗?"她问布拉德肖夫人。

"他因为得了腮腺炎没能加入球队,"布拉德肖夫人说,"他父亲甚至比他更介意,他自己还是个大孩子呢。"

克拉丽莎看了看正在和理查德说话的威廉爵士。他看着可不像孩子——一点儿也不像。她有一次和别人去他那儿就诊。他做得完全正确，极其合理。但是天哪——出来后，走到街上感觉如释重负！她还记得有个可怜的人坐在候诊室里哭。但是她也不知道是什么——关于威廉爵士，她究竟不喜欢他什么。只有理查德和她持有相同观点，"不喜欢他的品位，也不喜欢他的味道。"但是他能力出众。他们在讨论那个议案。威廉爵士提起了某个病例，他压低了声音，这和他所说的弹震症的延迟发病有关。议案中必须有相关条款。

布拉德肖夫人突然压低了声音，把达洛维夫人拉进了一场女人间互相安慰的悄悄话。两个人都为丈夫的优秀品质而自豪，也为他们的过度疲劳而担忧。她（她是个可怜的傻瓜——但是人们并不讨厌她）低声说："我们刚才出发的时候，我丈夫接了一个电话，是一个悲惨的病例。一个年轻人自杀了（就是威廉爵士正在告诉达洛维先生的事）。他曾在军队服役。""哦！"克拉丽莎想。"我的晚宴才举行到一半，人们就开始谈论死亡了，"她想道。

她继续走,走到首相和布鲁顿夫人进去过的那个房间。

里面可能有人,但其实没人。椅子还保持着首相和布鲁顿夫人坐过的样子,布鲁顿夫人恭敬地侧身坐着,首相则正襟危坐非常威严。他们在谈论印度。房间里没有人。晚宴的光彩隐去了,她却穿着华贵的衣服自己走到这里来,真是太奇怪了。

布拉德肖夫妇为什么要在她的晚宴上谈论死亡,关他们何事?一个年轻人自杀了。他自杀了——是怎么死的?当她被突然告知一个意外事故时,她的身体总要先经历一遍;她的衣服烧着了,她的身体烧伤了。他从窗子纵身一跃。地面在上升,生锈的铁栏杆尖端刺穿了他。他躺在那儿,脑袋里发出呼呼的声音,随之而来的是令人窒息的黑暗。就是她眼前浮现的情景。他为什么要这么做呢?而布拉德肖夫妇居然在她的晚宴上谈论这件事!

她曾经往蛇形湖里扔过一枚先令,再没扔过别的东西。但是他扔下的居然是自己的生命。其他人继续活着(她得回去了,屋子里还是熙熙攘攘的,不停地有新客人来)。他们(她整天都在想博尔顿,想彼得,想萨莉),他们都会变老。有一种东西是很重要的,这种东西在闲聊的包围下,也在日复一日的腐败和谎言中一点点从她的生命里消失了。但是那个年轻人还保有那种东西。死亡就是一种抵抗。死亡是一种尝试交流的方式，人们觉得无法到达那神秘的中心；亲近变得疏远，狂喜的感觉也逐渐减弱了，每个人都是孤孤单单的一个人，最后投入死亡的怀抱。

但是这个自杀的年轻人——是怀抱着这珍贵的一切赴死的吗？"如果现在就死去，现在就是最幸福的。"有一次她身穿一袭白衣下楼的时候是这么对自己说的。

或许诗人和思想家也这样想。假设他也有过那种激情，去找过威廉·布拉德肖爵士。他是个好大夫，但在她看来，这个人有种不易被察觉的邪恶，他无欲无求，对女性也十分礼貌，却能做出一些无法用语言描述的恶行——压迫你的灵魂，就是那样——如果这个年轻人找过威廉爵士，而威廉爵士以他的力量对他施压的话，那这个年轻人会不会说生活难以忍受（她现在的确是这么认为的）；是他们，威廉爵士这样的人，把生活搞得难以忍受？

还有恐惧感（她今天早上才感受到）。父母给了你生命，希望你平安地过完这一生，寿终正寝，而她的心里却感到深深的恐惧。甚至现在,如果不是理查德经常看《泰晤士报》,让她能够像小鸟一样蜷缩在一旁,渐渐恢复活力,发出愉悦的叫声,渡过一个又一个难关,经历一件又一件事情,她早就死了。但是那个年轻人自杀了。

无论如何这都是她的灾难——她的耻辱。这是对她的惩罚,因为她眼睁睁地看着这儿一个男人、那儿一个女人堕落,消失在黑暗中,而她却穿着晚礼服站在这里。她曾经用过诡计,也曾顺走过一些小东西。她从来都不是一个可敬的人。她曾经渴望成功,想成为贝克思伯拉夫人那种人,她曾经在博尔顿的平台上散过步。

这都是因为理查德,她从没有如此幸福过。一切都不够缓慢,一切都不能持续太久。没有愉悦感可以与这种幸福相提并论,她一边摆齐椅子,把书推进书架里一边想着。青春已逝,生活让她失去了自我。她却还能在太阳升起和夜幕降临的时候,惊喜地发现幸福。在博尔顿的时候,她很多次在人们说话的时候仰望天空;或者晚餐时,视线越过人们的肩膀投向天空;在伦敦,她难以入睡的时候也会眺望天空。她向窗子走去。

她产生了一个愚蠢的想法，这片乡村的天空，威斯敏斯特的天空中有属于她的东西。她拉开窗帘，向外看。啊，奇怪啊！——对面房间的老太太在直直地盯着她！她要睡觉了。还有天空。她以为天空肯定是阴沉的，她转过脸看。你看那儿——苍白的天空，大片带状的云飘过。这景象对她来说是新奇的。肯定是起风了。对面房间的老太太要睡觉了。她饶有兴趣地看着那位老太太来回踱步，穿过房间，走到窗子边。她能看见她吗？当客人们在客厅里大笑欢呼的时候，看着那位老太太极其安静地睡觉，真是件有意思的事。她拉下了百叶窗。钟声又响了起来。那个年轻人自杀了，但是她并不为他感到遗憾；当钟声一下、两下、三下地报时的时候，她并不为他感到遗憾。那儿！那个老太太把灯关了！整栋房子现在都黑了，她重复道。她突然想起这样一句话：不要再怕太阳的温度。她必须回到客人们中间。这是一个多么非同寻常的夜晚啊！她觉得自己和他在某种程度上很像——那个自杀的年轻人。他选择了自杀，她替他高兴。钟声还在响，一圈圈的声波在空气中慢慢消失。他让她看到了美，让她觉得快乐。但她必须回去了，她必须和客人们在一起,她得找到萨莉和彼得。于是她从小屋进入客厅。

"克拉丽莎去哪儿了?"彼得说。他正和萨莉一起坐在沙发上。(这么多年过去了,他还是没办法叫她"罗塞特夫人"。)"那个女人去哪儿了?"他问,"克拉丽莎在哪儿?"

萨莉这么想,彼德也这么想,一定是大人物来了,政治家之类的,他俩都不认识,除非在报纸上登过,克拉丽莎不得不友好地招呼他们,和他们说几句话。她跟他们在一起,然而理查德·达洛维并没能成为内阁成员。萨莉猜想,理查德还没有成功进入内阁吧?因为她几乎不看报纸,只是偶尔在报纸上看到他的名字。不过——萨莉过着一种不同的生活,克拉丽莎说她像是生活在荒野之中,生活在大商人、大制造商中间,他们都干出了一番事业。不过她也做了不少事!

"我有五个儿子!"她告诉他。

上帝啊,上帝啊,她身上发生了多大的改变啊!母性的温柔和自私她都兼具了!彼得还记得他们最后一次见面,在月光下的花椰菜丛中,她说那些叶子"像粗糙的青铜";她摘下一朵玫瑰。在喷泉边发生这一幕后,她拉着他在这个糟糕的夜晚逛了一圈又一圈,他还要去赶午夜的火车。天啊,他哭了!

这是他的老习惯了,打开一把折刀,萨莉想,他一兴奋就总是打开又合上一把小刀。他们一直非常非常亲密,她和彼得·沃尔什,在他爱上克拉丽莎的时候也一样;还有那次午餐时为了理查德·达洛维而发生的荒唐可笑的争吵。她把理查德叫作"威克姆"。为什么不叫理查德"威克姆"呢?克拉丽莎怒了。从那以后她们再没见过,其实,在过去的十年里,她们见面不超过六次。而彼得·沃尔什去了印度,她隐约听说他有过一段不幸福的婚姻,她不知道他到底有没有孩子,她也没法问,因为他变了。她觉得,他虽然看上去憔悴,但是为人更友善了,她对他有一种真切的感情,因为他和她的青春联结在一起。她还留着他送给她的艾米莉·勃朗特的小说,他当时是想写作的吧?当时,他是想写作的。

"你写了吗?"她问他,她把她那结实又秀气的手放到膝盖上，跟他记忆中她的姿势一样。

"一个字也没写！"彼得·沃尔什说。她笑了。

萨莉·西顿依然很有吸引力，依然是个人物。可是这位罗塞特是谁呢？他在婚礼当天戴了两朵山茶花——关于他，彼得就知道这些。"他们有许多仆人，还有几英里的温室。"克拉丽莎在信中写道，诸如此类的话。萨莉笑着承认了。

"是的，我一年收入一万英镑"——不知是税前还是税后的，她不记得了，因为这些事情都是她丈夫替她做的，"你应该见见他，"她说，"你会喜欢他的。"

萨莉过去穿得破破烂烂的。为了去博尔顿，她当了祖母的戒指，那是玛丽·安托瓦内特送给他曾祖父的。

哦，对，萨莉记得。她现在还留着，那枚红宝石戒指，玛丽·安托瓦内特送给她曾祖父的，她赎了回来。那段日子，她没有一分钱，去趟博尔顿意味着要节省好久。但是，去博尔顿对她来说意义重大——使她精神保持正常，她相信，如果她待在家里，她会非常不开心。不过那都是过去的事了——已经过去了，她说。帕里先生死了，而帕里小姐还在世。彼得说他从未如此震惊过！他一度以为她也死了。萨莉猜测，达洛维夫妇的婚姻一定是成功的吧？那个漂亮且自信的年轻女人是伊丽莎白，就在那，在窗帘旁边，穿着红衣服。

（她像一棵白杨，她像一条河，她像一朵风信子，威利·蒂特科姆想。哦，要是在乡下该多好，她可以尽情做她想做的事。伊丽莎白听见她那条可怜的狗在叫。）她一点都不像克拉丽莎，彼得·沃尔什说。

"哦，克拉丽莎！"萨莉说。

萨莉想到的仅仅是她欠克拉丽莎很多钱。她们一直是朋友，不是泛泛之交，是朋友。她还记得克拉丽莎穿一身白色的衣服，手捧鲜花在房子里走来走去的样子——时至今日，烟草仍能使她想起博尔顿。不过——彼得明白吗？——她缺点什么，缺的是什么呢？她很有魅力，她有非凡的魅力。但是坦白来讲（她觉得彼得是一个老朋友，一个真正的朋友——他不在英国重要吗？距离重要吗？她常常想给他写信，但是写完又撕了，她觉得他能理解，因为有些事不用语言表达出来，人们也能理解，像是一个人意识到自己老了;她的确是老了。那个下午她去伊顿看望她的儿子们,他们患了腮腺炎),真的坦白来讲,克拉丽莎怎么能这么做?——嫁给理查德·达洛维,一个运动爱好者,一个只关心狗的人。不夸张地讲,他一进屋就散发出马厩的味道。就这些?她摆了摆手。

那是休·惠特布雷德,他晃晃悠悠地走了过去,穿着白色的西服背心,行动迟缓,身材臃肿,除了自尊和舒适,他对一切都视而不见。

"他不会注意到我们的。"萨莉说。她的确没有勇气——那是休,可敬的休!

"他现在在做什么工作?"她问彼得。

彼得告诉她,他在给国王擦靴子,还在温莎宫数酒瓶子。彼得说话还是那么刻薄!但萨莉一定要说实话,彼得说。关于那个吻,休的那个吻。

吻在嘴唇上,她肯定地告诉彼得。那是一天晚上,在吸烟室里,她怒气冲冲地去找克拉丽莎。休不会做这种事的!克拉丽莎说,那是可敬的休!休的袜子是克拉丽莎见过的最好看的袜子——他现在穿的晚礼服也一样好看。好极了!他有孩子吗?

"这屋子里的每个人都有六个在伊顿上学的儿子,"彼得告诉她,除了他自己。感谢上帝,他没有,没有儿子,没有女儿,没有妻子。萨莉说他似乎并不介意。她觉得,他比这里的任何人看起来都年轻。

但那样的婚姻站在很多角度上看都是愚蠢的,彼得说。"她是一个大傻瓜,"他说。不过,他又说:"我们曾度过一段美好的时光",但怎么会这样?萨莉很纳闷,他是什么意思?认识他,却对发生在他身上的事情一无所知,这是多么古怪的事情啊。他是出于自尊才这样说的吗?很有可能,因为毕竟这事使他感到难堪(尽管他是个怪人,,根本不是普通人),在他这个年纪,没有家也没什么地方可去一定是很孤独的。彼得要到萨莉夫妇家待上几周。当然,他去的,他愿意和他们待在一起,他也真的去了。这么多年,达洛维夫妇从没去过她家。他们一次次邀请他们夫妇。每次都是克拉丽莎(当然是因为克拉丽莎)不愿意来。因为萨莉说,克拉丽莎其实是一个势利的人——不得不承认,她确实势利。她确信这是她们之间的隔阂。克拉丽莎一直认为萨莉嫁给了一个地位低的人,她的丈夫只不过是个矿工的儿子,但萨莉却为此感到自豪。每一个便士都是他自己挣来的。他小时候(她的声音微微颤抖)就扛过大沙袋。

(彼得觉得,她会一直这样讲下去,一小时接一小时:矿工的儿子;人们认为她嫁给了地位比她低的人;她的五个儿子;还有其他的——植物,绣球花、紫丁香,还有从不在苏伊士运河以北生长的非常珍贵的百合花。而她和一个花匠在曼彻斯特郊区种了好多,有整整几坛!现在,克拉丽莎逃避了,她本来也不算个贤妻良母。)

克拉丽莎是一个势利的人吗?是的,怎么看都是。这段时间她在哪儿?天色已经很晚了。

"但是,"萨莉说,"当我听到克拉丽莎要举办晚宴的时候,我觉得我不能不来——我必须再见见她(我住在维多利亚街区,紧挨着她),所以没有邀请我就来了。"但是,"她低声说,"告诉我,告诉我,这是谁?"

这是希尔伯里太太,她正在找大门。因为天色已经晚了!她呢喃道,夜深了,客人们都走了,这时候更容易找到老朋友,发现安静的角落和美好的景致。她问,他们知道他们被一个迷人的花园环绕吗？灯光和树木，还有美丽的湖泊和天空。不过是后面花园里的几个彩灯，克拉丽莎·达洛维说！她真是个魔术师！把自己家变成一个公园……她不知道他们的名字，但是她知道他们是朋友，没有名字的朋友，没有歌词的歌总是最好的。但这儿居然有那么多门，那么多意想不到的地方，她迷路了。

"是希尔伯里老夫人。"彼得说；但那是谁呢？那个整晚都站在窗帘旁边，一句话都没有说的女士？他见过她，看见她能想起博尔顿。她是以前在窗户旁边的大桌子上裁剪内衣的人吗？戴维森，是她的名字吗？

"哦，那是埃莉·亨德森。"萨莉说。克拉丽莎对她太刻薄了。她是她的表亲，很穷。克拉丽莎对人的确刻薄。

她是相当刻薄，彼得说。不过，萨莉用她饱含深情、热情洋溢的方式讲话，彼得以前很喜欢她的这种方式，但是也有点害怕，因为她可能会变得太感性——克拉丽莎对她的朋友是多么慷慨啊！这是一种罕见的品质。有时在夜晚或圣诞节的时候，当萨莉细数自己拥有的幸福时，她都把友情放在第一位。因为他们那时很年轻，还有就是因为克拉丽莎内心很纯洁。彼得觉得她非常多愁善感。她的确如此。因为她觉得这是唯一值得说的东西——感受。要小聪明是愚蠢的。一个人必须简单直接地说出自己的感受。

"但我不知道,"彼得·沃尔什说,"不知道我到底是什么感觉。"

可怜的彼得,萨莉想。为什么克拉丽莎还不来和他们说话?那就是他渴望的事情。她知道他只想着克拉丽莎,无聊地摆弄着他的小刀。

彼得说,他并没有发现生活很简单。他与克拉丽莎的关系也从不简单。他说这破坏了他的生活。(他和萨莉·西顿也曾那样亲密,不说出来是很荒谬的。)他说一个人不可能两次陷入爱情。那她能说什么呢?然而,爱过总比没爱过好(但他觉得她是很感性的人——他曾经是那么尖刻)。他必须来曼彻斯特和萨莉他们住在一起。他很愿意和他们待在一起,等他在伦敦办完事后就直接去曼彻斯特。

克拉丽莎对他的关心程度超过了她对理查德的关心,萨莉很确定。

"不,不,不。"彼得说(萨莉不该这么说——太过了)。

那个好心的家伙——他就在房间滔滔不绝地讲话，和以前一样，亲爱的老理查德。他在跟谁说话？萨莉问，跟那个长相出众的人吗？她一直生活在远离人烟的地方，对认识陌生人充满好奇，迫不及待地想了解对方。但彼得不认识那个人。他说，他不喜欢那个人的长相，他可能是一位内阁部长吧。他认为理查德是所有这些人中最好的，他说——最公正无私的。

"但他做了什么呢？"萨莉问。是公益事业吧，她猜想。那么他们在一起幸福吗？萨莉问（她自己非常幸福）；她承认，她对他们一无所知，只是像人们常做的那样想当然地得出结论，因为即使对和你每天生活在一起的人你又了解多少呢？她问。我们不都是囚犯吗？她读过一个精彩的剧本，一个男人每天在牢房的墙壁上涂鸦，她觉得生活就是那样——人们在墙上涂鸦。她对人际关系感到绝望（人们难以相处），所以她常常走进花园，花能给她人不能给她的平静。但是不，他不喜欢卷心菜，他更喜欢人，彼得说。萨莉看着伊丽莎白走过房间的时候说，的确，年轻人很漂亮。克拉丽莎在她这个年龄时可不是这样！彼得了解伊丽莎白吗?她自己是不会说的。彼得承认,还不太了解。她就像一朵百合花,萨莉说,池塘边的百合花。不过彼得不认同萨莉所说的我们一无所知。我们什么都知道,他说,至少他知道。

但这两个人,萨莉低声说,这两个正在走过来的人(如果克拉丽莎再不过来的话,她真的得走了),一直在和理查德交谈的相貌出众的男人和他相貌平平的妻子——像这样的人,你又了解多少?

"知道他们是可恶的骗子,"彼得说,随便看了他们一眼,他的话让萨莉哈哈大笑。

威廉·布拉德肖爵士在门口停下看一幅版画,他在画的角落里寻找雕刻师的名字,他的妻子也在看。威廉·布拉德肖对艺术很感兴趣。

彼得说,人们在年轻时总是太兴奋,所以没办法去了解别人。如今老了,确切地说已经五十二岁了(萨莉说她已经五十五岁了,但那指的是身体,因为她的心还像二十岁的女孩子);现在成熟了,彼得说,能观察,能理解,还没有失去感觉的能力,他说。是的,确实是这样,萨莉说。

随着时间一年一年过去,她看待事物有了更深刻、更热烈的感情。他说,也许感受的能力在增强,但应该为此感到高兴——按照他的经验来讲,情感会越来越强烈的。他在印度认识了一个女人,他想告诉萨莉关于黛西的事。他想让萨莉认识她。她结过婚,他说,有两个小孩。他们都应该来曼彻斯特,萨莉说——他必须在他们走之前答应她。

"伊丽莎白来了,"他说,"她的感受不及我们的一半,目前还不及,但是,"萨莉说,看着伊丽莎白走向她的父亲,可以看出他们非常亲密。她能从伊丽莎白走向她父亲的时候感受到。

她的父亲站在那里和布拉德肖夫妇交谈的时候一直在看她,心里在想,那个可爱的女孩是谁啊?突然间他意识到那是他的伊丽莎白,他还没有认出她来,她穿着粉红色的连衣裙,看上去多么可爱啊!伊丽莎白在和威利·蒂特科姆谈话时感受到了理查德的目光。于是她走到他身边,跟他站在一起。现在宴会快要结束了,他们看着人们离开,房间变得越来越空,地板上散乱着放了很多东西。就连埃莉·亨德森也要走了,她几乎是最后走的,尽管没有人和她说过话,但她什么都想看一看,好告诉伊迪丝。伊丽莎白和理查德都很高兴晚会终于结束了,理查德为自己的女儿感到骄傲。他本来不打算告诉伊丽莎白,可还是忍不住告诉了她。他告诉她他刚才看着她,心想,那个可爱的女孩是谁啊?原来是自己的女儿!这让她很高兴。不过,她那可怜的狗却在汪汪直叫。

"理查德有很大进步,你说得对,"萨莉说,"我要跟他谈谈,跟他说晚安。和心灵相比,理智又有什么重要呢?"罗赛特夫人站起来说。

"我也去,"彼得说,但他又在那儿坐了一会。为什么会恐惧?为什么会欣喜?他自己想着。是什么让我如此激动?

是克拉丽莎,他说。

因为她就在那儿。